黄昏にキスをはじめましょう

神奈木 智

幻冬舎ルチル文庫

CONTENTS ✦目次✦

黄昏にキスをはじめましょう

✦カバーデザイン＝Chiaki-k（コガモデザイン）
✦ブックデザイン＝まるか工房

イラスト・金ひかる✦

黄昏にキスをはじめましょう

プロローグ

その家には、不吉な噂《うわさ》があった。

住む者が、次々と不幸に取りつかれるというのだ。

戦後すぐに建てられた木造平屋のボロい外観は『幽霊屋敷』と異名を取るほどだし、何度も替わった持ち主の中には、確かに長生きとは言えない生涯を送った者も数名いる。

だが、そんなのは歴史が長ければどの家にも起こりうることだ。それなのに噂は脈々と語り継がれ、今や都内でも有数の繁華街へと姿を変えたこの街の伝説になろうとしていた。

あまりに物件が古いため幾度も取り壊しが予定され、なんらかの横槍《よこやり》が入っては中止になる。そのくり返しが噂に信憑《しんぴょう》性を与えた点は否《いな》めないが、さすがにここ十数年は住む者もなく、街の住人の目にはいよいよ朽《く》ち果てていくだけの運命かと思われた。

ところが、ある日。

山の手の街から四人の勇者が現れ、その家で奇跡を起こした。

彼らはなけなしのお金で家を改装し、看板を出し、美しく身仕度を整える。そうして、紆《う》余曲折《よきょくせつ》を経た後に、貧乏ホストクラブをなんとか軌道に乗せたのだった。

店の名前は、『ラ・フォンティーヌ』。

常連になったら不幸になる、という噂は——一部では、まだしぶとく囁《ささや》かれている。


「いらっしゃいませ！」

ユリカが店の引き戸を開けた瞬間、熱烈歓迎の声がかかる。彼女は満足そうに頷《うなず》くと、右に寄り添う長身でやんちゃな顔つきの男の子にシャネルの新作バッグを預け、左手を優雅に取る綺麗《きれい》な顔立ちの青年に向かってとっておきの笑顔を向けた。

「こんばんは、紺《こん》くんと碧《みどり》さん。景気はどう？」

「お陰様で、そこそこって感じかな。あ、でも今夜はユリカさんが一番乗りだよ」

「あのね、紺。そんなの見ればわかるわよ。十人も入ればいっぱいの店なんだから」

「きっついなぁ。これでも、少しずつ売り上げは伸びてんだよ。いつもの席だよね？」

相変わらずノリのいい海堂寺《かいどうじ》紺は、ユリカのバッグを持ってウキウキと右奥のテーブルへ向かう。彼女のエスコートをしながらその後を歩く海堂寺碧は、惹き込まれそうな瞳《ひとみ》に憂いをたっぷりと含ませながら、甘く囁くような調子で言った。

「本当に、ユリカさんがずっと通ってくれなかったら、俺たちはとっくに一家離散しているところでした。こうして細々と店が続いているのも、貴女《あなた》のお陰だと感謝しています」

「またまたぁ、碧さんってば上手《うま》いんだからぁ」

「後で、調理場からご贔屓《ひいき》の藍《あい》も呼んできますね。彼すっかり料理に目覚めちゃって、今じゃフロアには滅多《めった》に出てこないんですけど、ユリカさんは特別ですから」

「ほんと？　嬉《うれ》しいわぁ。龍二《りゅうじ》のバカが、すっかり藍ちゃん一人占めしちゃってるんだもの」

「龍二さんだって、大事なお得意様には逆らえませんよ」

碧ほどのたおやかな美青年に言われれば、お愛想とわかっていても悪い気はしない。売れっ子キャバクラ嬢として毎晩スケベ親父《おやじ》の相手をする疲れも、優雅な微笑一つで吹っ飛ぶというものだ。おまけに、この店がオープンした頃から可愛《かわい》がっていた藍に久しぶりに会えると聞いて、ユリカはますますご機嫌になった。

「このところ、あたしが来る時に限って混んでたでしょ。厨房《ちゅうぼう》は大忙しで、藍ちゃんをちらりとも見れなかったのよ。しかも、龍二が四六時中一緒なもんだから最悪。あいつ、借金の取り立て屋からカタギの料理人になっても、目付きの悪いとこ全然変わってないんだから」

「お陰で、変な酔っぱらいとかが来た時は助かってますよ。ひと睨《にら》みで逃げてくし」

「藍にはあんなにメロメロなのに、落差が激しくて笑えるよな」

席についた彼女を挟むようにして、碧と紺が腰を下ろす。四人しかいないホストの内、二人を独占するとは贅沢《ぜいたく》なものだ。昔はそれが当たり前だったのだが、紺が言った通り徐々にお客が入るようになった最近では、ホストクラブなのか単に男前のウェイターが揃《そろ》っているだけなのか、微妙なラインになることもしばしばだった。

三人でしばらく雑談していると、奥から銀のトレイに乗せたユリカのボトルとグラスがしずしずと運ばれてくる。持ってきたのは、黒目がちの大きな瞳に健気《けなげ》な表情が定番の海堂寺藍だ。落ちぶれたとはいえ、日本有数の名家だった海堂寺家の本家跡取りという由緒正しき血筋は、世俗にまみれたはずの現在でも少しもその輝きを失ってはいない。特に、今にも潰《つぶ》れそうな廃屋寸前の店内にいると、まるで泥池に咲く蓮《はす》の花のように一層可憐さが引き立っていた。

「こんばんは、ユリカさん。アクビちゃん、元気ですか？」

「藍ちゃん、久しぶり。アクビなら元気よぉ。この間、避妊手術したけどね」

「そっかぁ……。また猫缶持って遊びに行きます。いいですか？」

「もう、藍ちゃんならいつでも歓迎よ。あの子も、すごく懐いてるし……」

「藍だって、しょっちゅう俺の膝《ひざ》でぐるぐるごろごろ喉《のど》鳴らしてるもんなぁ」

無粋なセリフに会話を邪魔されて、ユリカはキッと声の主を睨みつける。

藍の後ろには、彼女の憎むべき相手であり、純真・純情な藍をたぶらかしてゲイの茨道《いばらみち》へ引き込んだ張本人でもある松浦《まつうら》龍二の姿があった。

「あんたねぇ、あたしと藍ちゃんの話に割り込まないでくれる？」

「なんだよ。俺は藍の手伝いに来ただけだろ。ほら、そっち貸せって」

「あ……」

龍二は藍の手から乱暴にトレイを奪い取ると、これみよがしにその肩を抱き寄せる。そうして、ムッとしているユリカの前に、グラスやヘネシーのボトルを大雑把《おおざっぱ》に置いていった。

「何よ、ムカつく～っ。大の男が、ヌイグルミみたいに藍ちゃんを扱うんじゃないわよっ」

「仕方ねぇだろ。こいつ自身が、ヌイグルミみてぇにぷわぷわしてんだから」

「龍二さん……それ、僕が太ってるって意味ですか？」

続けて藍にまでムッとされ、さすがに龍二は「そんなわけねぇだろ」と慌てて否定する。

「イメージだよ、イメージ。おまえ抱いてると、腰骨が当たるんだぞ。デブなわけあるか」

「でも、ぷわぷわって言うのはちょっと……。僕、もう二十歳になったんだし」

「ちょっと！　あたしの前で、ゲイの痴話ゲンカはやめてちょうだい！」

ユリカがバンバンテーブルを叩《たた》き、二人だけの世界に行きかけた彼らを強引に連れ戻した。

今年の春、龍二が藍たちの抱えた借金の取り立てに通っていたのが縁で、どういうわけか二人は恋人同士になってしまった。詳しい経緯はユリカも知らないが、よりによって男に取られたのかと思うと無性に悔しくて仕方がない。藍はユリカが子どもの頃に夢中だったアイドルによく似ていて、一目見た時から心のファンクラブ会長を務めてきたのだから尚更《なおさら》だ。

「まったく……あたしがお客だってこと、皆して忘れてるんじゃないの？」

「まぁまぁ、ユリカさん。おっかない顔してないで、飲もうってば」

「龍二さんも、目が笑ってないでしょう、目が」

紺と碧がサラウンドでフォローに走るが、当の龍二は藍を離そうともしない。紺は急いでユリカ愛用の煙草《たばこ》と火の用意をし、碧は慣れた手つきでグラスに琥珀《こはく》の液体を注ぎ込んだ。

そんな緊迫した空気の中、渦中の藍だけが機嫌を直したのかニコニコと笑顔を見せている。人前で男に肩を抱かれてのほほんとしているのもどうかとユリカは思うが、二人のバカップルぶりに免疫のある紺と碧に至っては突っ込む気力もわかないらしい。

でも！　と、ユリカは心の中で叫んだ。

自分には、まだ心強い味方が一人残っていたはずだ。

「ねえ、山吹《やまぶき》さんは？　今日は、店に出ていないの？」

「山吹は……なんだっけ、紺？」

「兄ちゃんなら、今夜はお得意様とデートだよ。なんとかってエステ会社の女社長とさ」

「すごいよね、山吹兄さんは」

尊敬の念を声音《こわね》に滲《にじ》ませ、藍が目を輝かせて口を開いた。

「デートクラブはとっくにやめたのに、今でもぜひにって望まれるんだから。でも、ビシッとスーツを着たところは本当にカッコいいし、女の人に人気があるのも無理ないよね」

「そんなこと言うなら、俺だって続いてる客はいるぜ。碧だってそうだろ？」

「残念。俺は、ほとんど片付けたよ。だって、身がもたないでしょ」

グラスをはい、とユリカに差し出して、碧はさらりとそんな風に言う。だが、顔が飛び抜けて綺麗な分、デートクラブでの碧の人気は凄《すさ》まじいの一言だったので、その場の全員が妙に納得してしまった。ユリカも自分が何にムカついていたのか一瞬忘れて、グラスを傾けようとする。

だが、その直後。

「なんだ、チンピラッ！　店内で、藍に気安く触るんじゃないっ！」

「……来たよ、うるせぇのが」

龍二が思い切り顔をしかめ、ウンザリしたように出入り口へ視線を向けた。その先で仁王立ちしているのは、たった今話題にしていた海堂寺山吹だ。

上等な仕立てのスーツがよく似合う、エリート然とした佇《たたず》まい。

銀縁眼鏡《めがね》をかけた顔は甘さを抑えた理知的な二枚目で、瞳には頑固な鋭さを漂わせている。

山吹こそは『ラ・フォンティーヌ』の発起人であり、実弟の紺を含む一族四人のまとめ役であり、従兄弟の碧に融通の利かない性格をからかわれながら、本家のお坊っちゃまである藍を常に心配かつ溺愛《できあい》している人物だった。

「山吹兄さん、お帰りなさい」

「藍、お帰りなさいじゃないだろう。お客様の前で、なんてはしたない真似《まね》をしてるんだ」

ツカツカと歩み寄った山吹は力任せに二人を引き離すと、咎《とが》めるような眼差《まなざ》しで龍二を睨

みつける。さすがに龍二もカチンとし、思い切り山吹を睨み返してきた。百八十を越す長身の男二人はほぼ同じ目線から互いを捕らえ、その場はたちまち殴り合いでも始まろうかという険悪な雰囲気に包まれる。

「に、兄ちゃん、お客様の前だから……」

「龍二さんも、ほら藍を連れて台所に戻らなきゃ」

先刻から気の休まる時のない紺と碧が、懸命に間を取りなそうとしたが無駄だった。龍二がまだ借金取りだった頃、山吹は彼と一度だけ拳《こぶし》を交えたことがある。大学時代は拳闘部《けんとう》に所属していた自信もあって、内心楽勝でカタがつくと思っていたのだが、どうしてどうして龍二も伊達《だて》にチンピラまがいの生活はしておらず、とうとう勝負がつかなかったのだ。

「その時の決着を、今つけてやってもいいんだぞ」

「へぇ、面白い提案じゃねぇか。だが、俺の腕が鈍ってると思ったら大間違いだぜ？」

「龍二さんも山吹兄さんも、いい加減にしてください！」

額《ひたい》と額を擦《こす》り合わせんばかりにしていた二人は、突然厳しい声に一喝された。藍だ。予想外の人物から叱り飛ばされ、龍二も山吹もほとんど同時に彼を見下ろした。

「……藍……」

「二人とも、なんですぐ暴力で決着つけようとするのかな。元チンピラの龍二さんはともかく、山吹兄さんはそんな人じゃなかったじゃないか。見て、ユリカさんが怯《おび》えちゃってる！」

「元……チンピラ……」

「いや、彼女はおまえが怒鳴ったことに驚いてるんだと思うが……」

自分で言うのならともかく、最愛の藍からチンピラ呼ばわりされて龍二は深く傷ついている。そんな彼に同情しつつ、山吹はやんわりと抵抗を試みた。だが、怒ることに免疫のない藍の耳には何も入ってこないらしい。彼は冷たく背中を向けると、開いた口の塞《ふさ》がらないユリカの手を済まなさそうに両手で包み込んだ。

「ごめんなさい、ユリカさん。僕、お店には出ませんから。そうしたら龍二さんも厨房から出てこないし、ユリカさんに失礼な真似や山吹兄さんとケンカもしなくなると思います」

「……おい、龍二抜きで店に出るって選択肢はないのかよ」

「しっ、紺。余計な口は挟まないの」

呆《あき》れて呟《つぶや》かれた紺の独り言を、碧は急いでたしなめる。

贔屓の藍から大真面目《おおまじめ》に謝られて、ユリカも対応に困っているようだ。見兼ねた龍二が藍の肩をポンポンと叩き、傷心顔のまま「先に戻ってる」と言い残して去っていった。

「龍二さん……」

その後ろ姿を見つめる藍は、あまりにも淋《さび》しそうだ。たった今、自分が発した「チンピラ」の一言が原因だとはまったく気がついていない。やがて、藍の雨に濡《ぬ》れた仔犬《こいぬ》のような瞳を見たユリカが「負けたわ……」とため息をついた。一体何が勝ち負けだったんだと驚く紺と碧をよそに、山吹がネクタイを緩めながら「俺も負けたよ」と自嘲《じちょう》気味に同意する。流れが読めずに唖然《あぜん》としている弟と従兄弟を無視して、山吹の右手が優しく藍の背中を叩いた。

「行きなさい、藍。そうして、ユリカさんに何かオツマミを作って差し上げるんだ」

「で……でも……」

「おまえと龍二が付き合うようになって、もう半年以上がたつ。いい加減、俺も二人の仲を認めてやらなくちゃいけないな。男同士の恋愛なんて、そう長続きするものかと思っていたが……おまえたちなら大丈夫かもしれない。さぁ、早く行くんだ。龍二が待っているぞ」

「ありがとう！　ありがとう、山吹兄さん！」

藍はあっという間に元気を取り戻し、薔薇《ばら》色の頬で台所へ駆け戻る。仕切りに使われている赤いカーテンの向こうから、一分もたたない内に幸せそうな笑い声が聞こえてきた。

「なんだったんだよ、今の茶番は……」

「はは……」

脱力する紺の言葉に、さすがの碧もコメントができない。四人の中では一番社会経験が豊富な（はず）の山吹と一番世間に疎い藍が、何故《なぜ》だか事あるごとにドラマティックに盛り上がってしまうのだ。今も同じ藍を可愛がる者同士わかり合ったのか、山吹はユリカの正面に座って彼女と酒を酌《く》み交わし、その場はただの愚痴吐き居酒屋モードになっていた。

山吹、碧、紺、藍の四人がこの街に『ラ・フォンティーヌ』を開店して、もうすぐ一年になる。本家の一人息子の藍と彼の従兄弟にあたる碧、そして山吹・紺兄弟は、親が借金を残して海外に逃亡してしまったため、苦肉の策としてホストクラブを始めることにした。だが、彼らにあるのは育ちの良さと持ち前の美貌《びぼう》だけ。まったく客は入らず借金も返せずで八方塞がりだったのを、取り立てに来ていた龍二のアイディアによる会員制のデートクラブでどうにか乗り切ったのだ。ＨＰに顔写真を載せて予約を取るシステムは大当たりし、それぞれ贔屓の客がついたりしてそれなりに彼らへホストとしての自覚と自信を与えてくれた。

借金を返し終えた現在ではデートクラブの方は活動を縮小し、一時は閉店も考えた店を再び盛り上げようと皆で頑張っている。どさくさ紛れに恋人同士となった藍と龍二は厨房、他の三人はそれぞれの個性を生かしながら、自分たちなりのホスト像というものを朧《おぼろ》げながら摑《つか》みつつあった。

けれど、そんな日々の中、かつてエリートサラリーマンだった山吹だけは未《いま》だに違和感を抱えている。開き直ってホストとして生きようと決めてはいるが、本当にこのままでいいのか、という迷いがどうしても頭から離れないのだ。

（だが……まだ今のままじゃ、辞められないな。第一、辞めたらあの男が何を言うか……）

仕事を終え、寝る前に一日を振り返る時、山吹の脳裏にはいつも同じ男の顔が現れる。派手でナンパでやたらと愛想がよく、そのくせ摑み所のない不思議な男。黙って立っていればなかなか雰囲気のある美形なのに、口を開いたが最後、ムカつくことおびただしい。

山吹が、この世でもっとも天敵と忌み嫌っている相手。

それはこの界隈《かいわい》一のホストクラブ『ミネルヴァ』不動のナンバーワン、立花涼《たちばなりょう》だ。

(俺がホストを辞めたら、絶対にあいつはせせら笑うぞ。そんな屈辱《くつじょく》には……耐えられない)

裸電球のぶら下がった低い天井をキッと見つめ、山吹は毎晩そう呟いては自分へ活を入れていた。四つも年下のくせに生意気な涼は、まだ二十三歳になったばかりだというのに今年で水商売七年目というベテランだ。そのせいか畑違いの世界からいきなり『ラ・フォンティーヌ』を始めた山吹たちに興味があるらしく、開店当初から何かと冷やかしにやってくる。おまけに、いつの間にか紺や藍を手なずけて、ちゃっかり味方につけるという抜け目のなさだ。お陰で涼とモメる度《たび》に、山吹は孤独な思いを嚙《か》み締めなければならなかった。

「……山吹。眠れないの?」

次から次へと腹立たしい記憶が蘇《よみがえ》り、一人でムカムカしていると、隣の布団から碧が静かに声をかけてきた。敷地のほとんどを店舗にしているので、残された二間に山吹と碧、藍と紺が分かれて寝起きをしているのだ。襖《ふすま》を隔てた四畳半からは、年少組の寝息が微《かす》かに漏れ聞こえていた。

「この頃、よく考えごとしてるでしょう。何か悩みごとでもあるんじゃない？」

「寝てたんじゃなかったのか？」

「不穏な気配で起こされた。なんか、そっちから怒りのオーラが漂ってきてるんだけど？」

「そ、そうか……悪かったな」

「当ててみようか。涼くんのことでしょう。山吹は、ほんとわかりやすくて笑える」

そう言って、碧は語尾に微かな笑みを含ませる。遮光カーテンに閉ざされた暗闇《くらやみ》の中、彼がどんな顔で話をしているのか山吹にはよく見えなかったが、同じように揶揄《やゆ》する言葉を吐かれても相手が碧だと少しも気に障らない。身内だからだろうか……と考えていたら、まるで心を読んだかのように碧が「違うよ」と柔らかな声で否定した。

「山吹が、涼くんを意識しすぎてるんだって。まぁ、向こうもわざと怒らせようとしているところはあるけどね。大人のくせに、どうしていちいち真に受けたりするんだか」

「あいつは、ピンポイントで嫌ぁ～なところを突いてくるんだ」

「でも、本気で嫌ってるわけじゃないでしょう？」

「嫌いだよ」

間髪を容れずに即答したせいか、碧は鼻白んだように黙り込む。そんなに驚くことか？と山吹は意外に思ったが、本当にそうなのだから仕方がなかった。

「碧こそ、あいつのことどう思ってるんだ。いつも綺麗だの美人だの、顔を見ればちやほやされているじゃないか。あれ、けっこう真面目に言ってるんだと思うぞ」

「冗談でしょ。男に褒められても嬉《うれ》しいもんか。山吹、ほんっとにわかってないね」

「…………」

「俺がデートクラブで男性客の予約も取ってたからって、そういう趣味だと思われるのは心外だな。あれは、あくまで借金と生活のためなんだから」

いつになくムキになって話す碧は、なんだか別人のように可愛い感じだ。普段の彼は二十四という年の割には妙な落ち着きと色気があり、生来の美貌も手伝ってどこか浮世離れした空気を漂わせている。そんな彼が、声にはっきりと感情を表すなんて珍しいこともあるものだと思った。

もしや、仕事で何かあったんじゃないだろうか。

他人の心の機微に合わせるのが微妙に下手《へた》な山吹は、直接尋ねてみるべきか否か判断に迷う。そういえば、HPの管理をしている龍二から聞いた話によると、デートクラブでついた常連客を活動縮小に伴い片付けたと言いながら、碧には一人だけ続いている相手がいるらしい。もちろん客として会っているだけにすぎないのだが、海堂寺家と並ぶ名家の若き当主だという話だから当然向こうも男なのだろう。

そのことと、今の発言には何か関係があるのかもしれない。なんだか心配になった山吹がようやく口を開きかけた時、待っていたかのように碧から先手を打たれてしまった。

「あのさぁ、山吹」

「な、なんだ？」

「辞めるつもりなら、ちゃんと俺に相談してよ？　心の準備ってものがあるんだから」

「え？」

「言ったでしょう、山吹はわかりやすいって」

不意を衝《つ》かれて返事に困っていると、そのまま碧は背中を向けて「おやすみ」と言ってくる。自分はなかなか心を読ませないくせに、他人の思惑に敏感なところは相変わらずだ。

山吹は追及を諦《あきら》めて一つ息をつくと、できるだけ優しく「おやすみ」と声をかけた。

1

『ラ・フォンティーヌ』の営業時間は、午後の七時から明け方の四時までだ。だが、以前より繁盛しているとはいえお客の入りには波があるので、週の半分はそれより早く閉めてしまうことが多かった。開店当初は山吹が「不本意だ」と言い張って客がいなくても意地で店を開けていたのだが、かさむ電気代や慣れない夜型生活で疲労する藍たちの健康を考えて、いつしか「客が切れたら閉店」という不文律ができあがってしまったのだ。通常、ホストクラブの常連には水商売や風俗嬢が多いため深夜から朝方の営業がメインとなるのだが、山吹たちがデートクラブで摑んだ客も、早じまいの理由の一つだった。

「うちのお客って怖いもの見たさっつーか、アトラクション感覚で来てるんだよな」

開店前のミーティングの最中、紺がしたり顔で両腕を組む。店内は毎日藍がせっせと掃除をしているので、ボロいながらも一応衛生面は完璧《かんぺき》だ。だが、まったくそうは見えないところが、逆に映画のセットのようで受けているんじゃないかと紺は言った。

「この前、俺を贔屓にしてくれてる美雪《みゆき》さんってバツイチ美人、連れてきただろ？」

「ああ、まだ若くて色っぽい人だったよねぇ」

「なんだよ、碧。おまえって、ほんと人妻キラーな。いや、そうじゃなくて、彼女も面白がってたぜ。こんなとこで飲むの、初めてだって。建物も内装もインテリアもわざとそうしたみたいにボロいのに、ホストのレベルだけは最高で食べ物も意外に美味《おい》しいってさ」

「ご飯は、龍二さんの腕がいいからだよ。僕、いつも隣で見てて尊敬してるんだ」

「見てるだけじゃダメだろう、藍」

　山吹がやんわりとたしなめると、藍は些《いささ》かシュンとなって「……うん。頑張ります」と真面目に答える。こういう素直なところが山吹にはたまらないのだが、すかさず龍二が「頑張るなっつってんだろが。おまえが張り切ると、絶対トラブルが起きるんだよ」と実に的を射たツッコミを入れたので、言うことが何もなくなってしまった。

「ところで、兄ちゃん。今日のお題はなんなわけ？　いつもより、ミーティング早いよな」

「紺、それを言うなら議題でしょ。でも、本当に何か重要な話でもあるの、山吹？」

「ああ……実はそうなんだ」

　一同をぐるりと見回すと、山吹はかねてから考えていた計画を口にした。

「今も紺が言っていたが、この店はあまりにボロすぎる。いくらアトラクションだのセットみたいだのと騒がれても、客の定着には繋《つな》がらないだろう。そこで、思い切って改装したらどうかと思うんだ。単発のデートクラブでの収入と、前より上がった売り上げをやり繰りすれば、改装費くらいはなんとかなる。今より少しでも小綺麗にして、もっと集客率をアップさせようじゃないか」

「改装って……兄ちゃん、マジかよ？」

「今更いじったところで大きな違いはねぇだろ、このボロ家は。なぁ、藍？」

「でも、テレビでよくやってるよね。古い家を綺麗にしたり、カッコ良くしたりって……」

「藍の言ってる番組、もしかして山吹も観たんじゃないの？」

最後の碧のセリフで、その場の全員が「ありうる」と思わず納得する。もともと、借金返済のために慣れないホストクラブを開業したのも、たまたまテレビでやっていた売れっ子ホストの密着取材を観た山吹が一人でその気になってしまったからなのだ。

「俺ね、本当に心の底から思うんだけど……」

毒舌家の碧が、一同の気持ちを代弁するかのように口を開く。

「山吹って、バカなんじゃないの？　いや、バカだよね？」

「な、なんだ、碧っ。そんなこと、俺に確認を求めるんじゃないっ」

「だって、わかってないみたいだからさ。山吹って俺たち一族の中でも一番成績が良くて、名門私立校をスキップして卒業した後はプリンストン大へ留学しちゃって、それからしばらくは向こうの一流企業で優秀なビジネスマンとして働いてたわけでしょ。経営に行き詰まった親に呼び戻されて帰国するまで、挫折《ざせつ》なんか知らないで人生を送ってきてたんだよね？」

「そ……それがどうした。完璧なプロフィールだろう」

「遠くの山ばっかり見てて、足許《あしもと》の石ころに気がつかない。典型的にそういうタイプ」

肩をすくめた碧にこれみよがしなため息をつかれ、山吹は激しくムッとする。だが、悲しいことに誰も庇《かば》ってくれる気配はなく、ますます孤独な気持ちに追いやられてしまった。

確かに、自分は人生経験が浅い方かもしれない。要領が良かったせいか勉強で伸び悩んだこともなく、スポーツはそこそこ何でもこなせたし、ルックスにも恵まれたので女性にもよくモテた。それなのに、海堂寺家が没落してからというもの、悪魔に魅入られたかのごとくやることなすことが裏目に出る。お陰ですっかり年長者としての威厳はなくなり、自分が今まで信じて生きてきた道はなんだったんだと、不安に襲われる夜も少なくなかった。

だが、そんな山吹の焦りなど皆の目には見当違いの暴走にしか見えない。普段は穏やかな碧も、事が全員の生活に関係するとなるといきおい口を挟まざるをえないのだろう。そうして、一旦干渉を始めたら、彼ほど手厳しい人間もそうはいない。たじろぐ山吹に容赦せず、碧は尚も言い募った。

「念のために訊《き》くけど、改装費が出そうだなんて何を根拠に言い出したのさ？」

「だ、だから……最近は店の売り上げも上がってるし……」

「その分、龍二さんへのお給料とか食材の仕入れだとか、経費もかかってるんだけど」

「…………」

「やっぱり、その程度の認識なんだ」

再び、碧はため息をつく。

「あのねぇ、山吹。もし本気で改装するつもりなら、デートクラブを復活させてもっともっと稼がなきゃ。目先をチョコチョコいじったところで、この店じゃさほど変わりはないんだから」

「え……またデートクラブを始めるの？　でも、そうしたら今度は店まで手が回ら……」

「ああ、大丈夫だよ、藍。今のは例えばの話だって。俺たちはここが好きなんだから、前のように店をないがしろにしたりしないよ。ほら、あの時は借金返済が急務だったでしょ。でも、たとえ実入りが悪くても、皆で一緒に働けた方が楽しいじゃない。そうだよね、山吹？」

「う……まぁな……」

「あらら、珍しい。今日のミーティング、碧さんが仕切ってんだ？」

カラリと軽快な音をたて、鍵《かぎ》などあってなきがごとしの引き戸が突然開かれる。反射的に振り向いた皆の視線の中、遠慮のない足取りで入ってきたのは『ラ・フォンティーヌ』から徒歩で十分と離れていない有名なホストクラブ『ミネルヴァ』の立花涼だった。

「おい、まだうちは営業してないぞ」

たちまち山吹が調子を取り戻し、険しい顔つきで睨みつける。

涼は起きたばかりなのか胸を少し開けたデザイナーズのシャツにライトグレーのスーツを着て、色を抜いた肩までの長髪を後ろで緩く縛っていた。ずいぶんと気の抜けた格好にも拘《かかわ》らずどこか優雅に見えるのは、スタイルの良さに加えて全身から滲《にじ》み出る『色男オーラ』

のせいかもしれない。

「一度言おうと思っていたが、おまえは部外者のくせになんなんだ。当たり前の顔して営業時間外に入ってくるわ、うちの弟や藍をたぶらかして悪の道に引きずり込むわ……」

「え？　悪の道？　俺がいつ？」

「とぼけるなっ。おまえ、紺にホストの才能があるとかなんとか言って『ミネルヴァ』に引き抜こうとしたことがあっただろうっ。それに、もともと藍が龍二とくっついたのだっておまえが〝龍二をたらしこんで借金を待ってもらえ〟とか吹き込んだからじゃないかっ」

「なんだよ、それなら俺は愛のキューピッドじゃん」

やれやれと安堵《あんど》の息をつき、涼はおかしそうに山吹を見返してくる。彼にとって、山吹に文句をつけられるのは、一種のレクリエーションのようなものだった。皆はとっくにそのことを承知しているので、あからさまに「あ～あ」という顔をする。挫折知らずで頭でっかちの元エリートと海千山千で曲者《くせもの》相手に商売を続けてきた涼とでは備わる気迫がまるで違うのに、肝心の山吹だけがその事実を認めようとしないのだ。

涼はニコニコと笑いながら、皆の賛同を得るようにぐるりと視線を巡らせた。

「いいじゃん、今の藍ちゃんと龍二は充分に幸せそうなんだし。それに、紺に限らずホストの引き抜きなんか日常茶飯事だろ。あんたらは家族経営だから、またノリが別かもしれないけどさ」

「家族経営のホストクラブって、改めて言葉にするとなんかすごいな」

涼を人生の師と仰いでいる紺が、感心したように呟く。

「そういえば、涼さんとこはホストが四十人以上いるんだろ。その中でずっとトップの人間に見込みがあるって言われれば、俺だって悪い気はしないよ。本気で引き抜こうとしたわけじゃなし、兄ちゃんも素直に喜べばいいじゃん」

「ふざけるな。俺が、何を喜ぶっていうんだ。紺、おまえだって一生ホストで生きていくわけじゃないだろう。それなのに、こんなヘラヘラした男の言うことなんか真に受けて、浮かれたりするんじゃない。いいか、おまえは仮にも海堂寺家の一員なんだぞ。諸事情から高校も中退して、こんな水商売で生活せざるをえなかったが、プライドだけは常に忘れるな」

「そういう言い方だと、俺たちホストにはプライドがないみたいだなぁ？」

さすがにカチンときたのか、涼が珍しく攻撃的な口をきく。表情は相変わらず柔らかだったが、それはあくまで客商売で鍛えた賜物《たまもの》だろう。その証拠に、目だけが笑っていない。

「あのさ、他の人にどう見られていようが全然関係ないけど、そっちは仮にも同業者だろ？いくらなんでも失礼だと思わない？」

「涼くんに一票」

「……あれ。珍しいね、碧さん。俺の味方してくれるんだ？」

「うん。さすがに、今のは山吹が悪いよ。プライドを持つことと、ホストを生業《なりわい》にするのはまったく別問題でしょ。紺だって褒められて満更でもないんだし、山吹が文句言う筋合いじゃないと思う」

「碧……」

冷たく言い放たれて、山吹はますますショックを受ける。相手が涼だとつい言葉に遠慮がなくなってしまうのだが、周りもそれはわかっているのであえて割り込もうとはしないのが常だった。それなのに、今日の碧は何故だか無視できなかったらしい。何かが、彼の琴線に触れてしまったのだろうか。

「えっと……まぁ、碧さんが言ってることで概《おおむ》ねＯＫなんだけど……」

逆に、涼の方は調子が狂ってしまったようだ。山吹とは別の意味で碧は涼につれなかったので、まさか味方してくれるとは思わなかったのだろう。おまけに、彼が参戦したことで場の空気がいっきに冷え込んでしまい、なんだかシャレにならない感じになってしまった。

「あの……山吹さん……？」

「……もういい」

「え、いや、そんな……」

「確かに、俺が悪かった。今のは完璧な失言だ。だから、もういいだろう」

「もういいって……おいっ」

言うなり山吹は立ち上がり、無言で出入り口に向かって歩き出す。慌てて涼が引き止めようとしたが、背中できっぱり拒絶されてしまって動けなかった。

山吹が出ていった途端、店内に白けた雰囲気が広がっていく。涼は深々とため息を漏らすと、疲れたようにカウンターへ凭《もた》れ掛かり、「まいったな……」と呟いた。

藍が慰めようと口を開きかけ、隣の龍二に止められる。それに気づいたのか、落ちかかってきた前髪をかきあげながら、彼はにっこりと笑顔を二人へ向けた。

「龍二、マジで幸せそうじゃん。やっぱり、俺の見立ては正しかったよな」

「うるせぇよ、涼。山吹さんが言った通り、おまえは部外者なんだからな。茶々入れるだけなら、とっとと帰れ」

「りゅ、龍二さん、そんな言い方……」

「はいはい、わかったよ。帰ればいいんだろ。どのみち、あのカタブツを怒らせたからには、当分出入り禁止だろうしな。ほんじゃ、邪魔して悪かったよ」

よっと勢いをつけて体勢を戻し、涼はちらりと碧を見る。言い過ぎたと思っているのか、碧らしくなく他人の視線を避ける仕種《しぐさ》に、それまで憂鬱《ゆううつ》そうだった涼の目が少し和《やわ》らいだ。

「碧さん……あのさ、余計なお世話だと思うんだけど」

「え？」

「山吹さん、改装の他にもう一つ話があったんじゃない？　ほら、椅子《いす》のところ」

涼がちょいちょいと指差した方向に、山吹が座っていた椅子がある。その傍らに大きめの茶封筒があることに気づいて、碧は不思議そうにそれを取り上げた。封筒に刷られたいかめしい文字に、両脇《りょうわき》から覗《のぞ》き込んできた紺や藍までが不可解な顔をする。

「大学入試資格検定概要……なんだ、これ？」

「要するに、大検の案内書だよ。山吹兄さん、わざわざ取り寄せたんだね」

「もしかして、紺に見せるため……だったのかな」

碧の呟きを聞いて、誰よりも早く反応したのは涼だった。

「そっか、タイミングが悪かったな。紺の将来を心配してたとこに、ホストの見込みがあるから引き抜きがどうのだなんて話、たとえ雑談でもムカつくもんなぁ」

「兄ちゃん……」

「ほんっと、俺と山吹さんってタイミングが合わないな」

しんみりする紺の頭を励ますように軽く叩き、涼が苦笑混じりに独白する。

軽い口調に反して、その声音はどこか淋しそうだった。


出会いは最悪だった。

『……へぇ。チラシ見たんだけど、もしかしてここホストクラブになるんだ？』

予算がないので、できるところは自分たちでなんとかしよう。そんな合い言葉の元に連日真夜中まで開店準備に追われていた山吹たちに、心の底から感心したような声がかけられる。振り向いた先で物珍しげに店内を見回している涼を見た瞬間、山吹の心に「こいつは嫌な奴だ」という印象が無条件に焼きついてしまった。

『あのさ、確認のために訊くけど……ホストってあんたたち？』

『はい、そうです。明後日から開店なので、よろしくお願いします』

『藍、男性相手に営業しても仕方がないだろう』

丁寧に頭を下げる藍を庇うように、山吹がズイと涼の前へ進み出る。パッと見にはずいぶん長身に見えたが、それは彼の頭が小さくて全身のバランスが良かったからのようだ。高い方には違いなかったが、真正面から睨みつけると数センチだけ山吹の方が上だった。

内心（勝った）と思いながら、いかにも女受けのよさそうな柔らかな美貌を観察する。顔立ち自体は決して甘くなく、むしろ鋭さを感じるくらいなのだが、表情に愛敬があって笑顔が憎めないために上手く中和しているのだろう。無造作に見える絶妙なカットの長髪と、いかにも金がかかっていそうなイタリアンメイドのスーツと革靴。それらを安っぽくなく着崩《きくず》すテクニックは、かなり素人《しろうと》離れしている。

それより何より、と山吹は不快感を募らせながら思った。

こいつは、なんでやたらとニコニコしながら俺を見るんだ。

『俺はこれから出勤なんだけど、あんたたちも夜中まで大変だね』

『出勤？　もう夜中の二時だぞ？』

『あ、うん。今日はちょっと早めなんだ。お客さんと約束があって……』

『早めだぁ？　おまえ、こんな時間に何やってるんだ』

『え……ホストだけど……』

涼の一言に、背の高さでなんとか優位を保っていた山吹は大きな衝撃を受ける。それでは、これは敵情視察だったのだ。迂闊《うかつ》に店内へ入れてしまったミスを悔やみながら、急いで藍を台所へと追いたてる。紺と碧がコンビニへ買い出しに出てたのは、不幸中の幸いだった。

『えっと……俺の気のせいかな？』

『何がだっ』

『あんた、いきなり敵意むき出しじゃない？　俺、なんかした？』

『とぼけるなっ。この近くのホストなら、俺たちのこと探りに来たんだろう。だが、生憎《あいにく》とうちには探られるような秘密なんか何もないからな』

『探る……って、ここを……？』

一瞬キョトンとした後で、涼は弾《はじ》かれたように笑い出す。あまりに豪快な笑いだったので山吹は思わず圧倒され、一度引っ込んだ藍は何事かと再び顔を出してきた。

『ちょっと待ってよ、お兄さん』

笑いすぎて涙目になりながら、ようやく涼が山吹へ向き直る。

『あんた、なんて名前？　すげぇいい感じ。俺、めちゃめちゃ気に入ったよ』

『は？』

『困ったことがあったら、なんでも言ってきなよ。立花涼って言えば、この界隈なら誰でも知ってるから。俺、マンションもこの近くなんだ。あ、名刺置いていこうか？』

『な……何ふざけたこと言ってるんだ、おまえは』

『ふざけてなんか、いないよ』

突然、人が変わったように声が真面目になった。

同時に、涼の顔つきが真夜中に相応《ふさわ》しく妖《あや》しい艶《つや》を帯び始める。今までどうやって抑えていたのか不思議に思えるほど、その場がたちまち艶《なま》めかしい空気で染まっていった。それは、まるで色つきの膜がふわりと彼の全身を包んでしまったような瞬間だった。

『お……まえ……』

『立花涼。この名前は、覚えておいた方が絶対に得だよ』

『なんだと……』

『色恋営業で、俺の右に出る奴はいないからね』

涼の唇から零れる言葉は、充分な説得力に満ちている。藍が感嘆のため息をつき、絶句していた山吹は慌てて我を取り戻した。

そうして、この瞬間から。

山吹は、涼が大嫌いになったのだった。


「ああ、もうっ。しょうがねぇなぁ」

ハンドルを握る手を休めて、紺がふて腐れたようにシートへ身体《からだ》を沈める。隣のゲーム機で器用にレーシングカーを操っていた涼は、目の前のモニターから目を逸《そ》らさずに「どうした？」と気軽に問いかけてきた。

「もうリタイアかよ、紺？」

「そうじゃなくて……兄ちゃんのことだよ」

「山吹？」

その名前は予想していなかったため、涼の手元が僅《わず》かに狂う。そのまま車は大きくスピンして、ものの見事に壁に激突した。

「……ったく。いきなり、やる気そぐなよなぁ」

「なんで、涼さんが動揺するんだよ。あ、それとも単なる寝不足？」

「……まぁな。だって、まだ午後の二時なんだぞ。俺、八時に寝たばっかりなのに」

わざとらしく欠伸《あくび》をしながら、気を取り直して再びハンドルを握る。日頃から涼は紺を可愛がっており、こうして真っ昼間のゲーセンで一緒に遊ぶことも珍しくなかった。

だが、今日は些か様子が違っている。いつもは気まぐれにこちらが呼び出す方なのだが、珍しく紺の方から携帯に電話がかかってきたのだ。何か相談したいことがあるらしく、察しのいい涼は二つ返事で出向いてきたが、普段は夕方まで寝ている身なのでやたらと太陽が眩《まぶ》しかった。

「なんだかなぁ……。もう十一月だっていうのに、季節もろくに感じるヒマがないよ」

「うん。俺も涼さんほどじゃないけどすっかり夜型だから、この時間に外へ出たのって久しぶりなんだ。まぁ、ゲーセンの中じゃあんまり変わりないけどね」

「それで？　山吹がどうかしたわけ？」

本人と話す時には「さん」付けのくせに、それ以外では発音までぞんざいだ。山吹が聞いていたらまたムッとするだろうと思いながら、紺はためらいがちに口を開いた。

「だからさ、その……昨日の大検のことなんだけど」

「ああ、書類とか用意されてた奴？　おまえ、大検受けるんだ？」

「あれは、兄ちゃんが勝手に……。いや、でも……うん、受けようかと思ってる」

殊勝な顔で頷く紺を、涼は微笑《ほほえ》ましい眼差しで見つめる。いつの間にかゲームは終了し、中途半端な成績が画面にズラズラと出てきたが、涼はまったく注意を払わなかった。

「紺、高三まで通ってたんだっけ。……惜しかったな」

「まぁね。実は、俺だけ公立の普通高校に行っててさ。一族のほとんどが通うエスカレーター式の学園があるんだけど、気取っててすごく嫌だったから親に無理言って高校受験して。でも、その挙句《あげく》が破産で中退だもんなぁ。兄ちゃんは奨学金を貰《もら》ってでも卒業しろってうるさかったんだけど、皆が大変な時に学校行く気分でもなかったし。だから、今更また勉強って言われてもさ……」

「でも、受けるつもりなんだろ？　兄さん孝行だな」

「……碧にも言われてたけど、うちの兄ちゃんってピントズレまくりじゃん？　なまじ出来が良かったせいか、プライドばっかり高くてさぁ。書類とかパソコン上でやる仕事は優秀だったかもしれないけど、人間相手だとてんでダメダメなんだよね」

　実の弟にまでさんざんな言われようの山吹に、涼は心の中で少し同情する。だが、そんな物言いも紺には愛情表現の一種なのだろう。現に、口では文句をつけながらも彼は大検を受けるつもりでいる。それは、山吹が自分にそう望んだからだ。

　そういうところが人徳なんだろうな、と涼は思った。普通は学歴だけ高くて現実生活では使えない男など、嫌みなだけのお荷物でしかないものだ。ところが、山吹は生来の育ちの良さが幸いしてかあまりガツガツした感じがしないので、見ている方もなんだか憎めない。本人にしてみれば心外だろうが、そこが彼独特の魅力になっているのは間違いなかった。

am Catcher
Dream Catcher
nam
SUZUKA
GP

「だからさ、そんなんでも兄として俺のこと真面目に考えてるんだなぁ、とか思うと……裏切れないだろ？　とりあえず今年は願書の受け付け終わっちゃってるから、一年かけて勉強するよ」

「そっか。あれ、受け付けは五月と九月だもんな。いいんじゃないの、ゆっくりやれば」

「………」

「なんだよ？」

「涼さん、なんでそんなこと知ってんの。やけに詳しいじゃん」

あんまり紺が素直に驚いているので、なんとなく涼は決まりが悪くなる。彼はおもむろにシートから立ち上がると、慌ててついてきた紺をぶっきらぼうに振り返った。

「それ、俺も受けたから。もっとも、俺は一年も高校へは行かなかったんだけど」

「へ……」

「一応、大学も受けたんだぜ。ホストやりながら受験勉強してさ。お陰で合格したけど、結局ホストがやめらんなくて進学しなかったんだ。ま、別に後悔はしてないけどね」

「嘘《うそ》……どこ受けたんだよ？」

「私立のA大とJ大、国立のY学院。おまえの兄ちゃんには、負けるけどなぁ」

話しながらいつもの調子を取り戻し、最後には笑って紺を引き寄せる。

「一応全勝だぜ？　なんでも聞けよ」

赤くなって俯《うつむ》く紺の後ろ頭をポンと叩き、涼は「遅い昼メシでも食うか」と笑った。

それからしばらく、涼は顔を見せなかった。いつもなら出勤前に寄ったり、起きてからのヒマ潰しに来たりしていたのだが、パタリとそれが止《や》んでしまったのだ。最初の二、三日は山吹もあまり気に留めていなかったが、一週間も続くとさすがに奇妙な感じがして落ち着かない。だが、それは他の者も同じだったようで、ミーティング前の食事を取っていた時、とうとう藍が心配そうな顔で呟いた。

「涼さん、どうしてるのかなぁ」

「どうしたの、藍。ずいぶん、いきなりだね」

「だって、碧は変に思わなかったの？　こないだ、涼さん淋しそうだったよ。山吹兄さんとタイミングが合わないなぁって言った時、顔は笑ってたけどすごく悲しそうだった」

「…………」

「あれから、ずっと気になってるんだ。でも、涼さん全然来なくなっちゃったし。紺が一回ゲームセンターで遊んだって言ってたけど、それも一週間以上前のことでしょう？」

一番涼と親しい紺は、生憎と予約が入ってデートに行っている。大検を受けることにしたので、自分の学費くらい稼ぐと言って頑張っているのだ。何に刺激を受けたのかは知らないが、将来は大学受験も考えているらしかった。

「やっぱり、気にしてるのかな。あそこで、山吹兄さんが出ていっちゃったこと……」

「俺のせいで、顔を出さなくなったっていうのか？　悪いが、あの男がそこまで繊細とは思えないな。第一、今更〝合わない〟とはなんだ。そんなの、最初からわかりきってることじゃないか」

「でも……」

「いいじゃないか、静かで。別にあの男が来たからって、うちが得することなんか何もない」

「……山吹。それ、俺の目玉焼きなんだけど」

冷ややかな碧の一言に、ハッとして山吹は手元を見る。いつの間にか自分の皿を通り越して、隣を懸命につっつき回していたらしい。お陰でほとんど手つかずだった碧の半熟目玉焼きが、白身と混ざって無残にもぐちゃぐちゃな状態になっていた。

「す、すまなかった。ちょっとボンヤリして……」

「あ～あ、食欲なくすなぁ。どうするのさ、俺のオカズ」

「僕のと取り替えなよ。まだ手をつけてないし、碧の目玉焼きは大好きだから平気だよ？」

「藍……おまえは、なんていい子なんだ……」

その言葉に、碧よりも先に山吹が感動の声を上げる。そうして自分の皿を持ち上げると、素早く碧の皿と交換してしまった。

「ほらな。涼にこんな可愛げがあるか？　ないだろう？」

「別に、可愛げはなくてもいいんじゃないの」

「…………」

「はいはい。山吹は、どうしても彼を認めたくないんだね。よくわかったよ。でも……」

「え……？」

「でも、どうして？」

にっこりと笑顔で問いかけられ、山吹はグッと返事に詰まる。

どうして、だって？

嫌いだからに、決まっているだろう。

頭に浮かんだそんな言葉が、今日は何故だか空回りしている気がした。


（俺があいつを嫌ったって、そんなに不思議なことじゃない。そうだろう？　違うのか？）

自問自答をくり返しながら、山吹は夕暮れの繁華街を歩いている。ミーティングが終わり、間もなく開店時間なのだが、下ごしらえの最中に藍が鍋《なべ》を焦がしてしまったのだ。お陰で、二十四時間営業の量販店まで買いに行かねばならなくなった。

（第一、俺に嫌われるようなことばかり言ってくるんだからしょうがないじゃないか）

山吹の好みは、控えめでいながら芯《しん》は強く、素直で愛らしい小動物タイプだ。昔からその趣味は一貫していて、遊びでない限り付き合った女性は全員そんな感じだった。百戦錬磨の碧などに言わせれば「そういう女の九割は計算ずく」なんだそうだが、素だろうが猫を被《かぶ》ろうがそんなのはどちらでもいい。自分の前でだけ可愛ければ、あえて深く追及しようとは思わなかった。

（それに、世の中には藍のように天然で可愛い子も、ちゃんといるんだし）

男なのは残念だが、身近に理想のタイプがいる以上やはり夢は抱《いだ》いてしまう。そういう観点から言えば、涼はまったく正反対だった。派手で調子が良くて女たらし、そのくせどこか冷めてひねくれている。それでは、仲良くなりようがないではないか。

（いや、ちょっと待て。あいつは男なんだぞ。何も、わざわざ俺の理想のタイプに照らし合わせて考える必要なんかないんだった……）

交差点で立ち止まった山吹は、ふと自分が発想の基本から歪んでいたことに気づく。

龍二と藍が恋人同士になったと知った時、天地がひっくり返るほどの衝撃を受けた。よもや、身内にゲイのカップルが生まれてしまうとは夢にも思わなかったからだ。そういう自分が、同じ轍《てつ》を踏むような真似だけはしたくない。いや、してはいけないと思う。

（でも……なぁ……）

そう決意する反面、毎日彼らと顔を合わせてその仲睦《なかむつ》まじい様子を見ていると、自分が二十七年間の人生でこなしてきたどの恋愛よりも充実しているように感じられた。涼に言われるまでもなく、本当に二人はいつも幸せそうなのだ。相変わらず貧乏で、代わり映えのない毎日で。それでも好きな相手が隣にいるだけで、心から楽しそうな笑顔を見せている。

（ああいう藍を見たら、反対したくてもできないさ……）

自分は、たった一度でも他人からあんな笑顔を向けられたことがあっただろうか。

常に人の前を歩き、選ぶ側の人間であった山吹は、そんなささやかな思い出すら持たない事実に打ちのめされる気分だ。人並みに恋だってしてきたつもりだが、感情のままに行動することなどほとんどなかったので、いつでも心の一部が冷えていたような気がする。

『色恋営業で、俺の右に出る奴はいないからね』

初めて会った時、涼はそんな風に言っていた。実際その言葉に嘘はなく、彼が疑似恋愛で摑んだ顧客はゆうに数十人を越えているという噂だ。『枕』と呼ばれる本番込みの付き合いまでしなくても、そこに至るまでのギリギリの駆け引きが絶妙なため、ずるずるハマってしまう女性も多いのだと紺が尊敬の眼で言っていた。

（だが……あいつは、それで虚《むな》しくなったりしないんだろうか。藍や龍二みたいに、好きな相手と一緒にいるだけで満ち足りたいとは思わないのか……？）

借金返済のために始めたデートクラブを、結局長くは続けられなかった理由もそこにある。初めは確かに面白がっていたが、ある種の感覚を麻痺《まひ》させなければ到底神経がもちそうになかったのだ。過ぎたるは及ばざるが如しという格言を、これほど実感した日々はなかった。仕事そのものが嫌なのではなく、麻痺していく自分に歯止めをかけたかった。

(まぁ、あの男は十七歳からこの道に入ったって言ってたしな。俺たちとは違うんだろう)

手っ取り早く結論づけて、涼のことはもう考えないことにする。どうせ最後にはムカついて、精神衛生上よろしくない事態を招くだけだ。それより、今は鍋の方が大事だった。

信号が青に変わり、人々が一斉に歩き出す。仕事帰りに飲み屋へ繰り出すグループの隙間《すきま》を、これから出勤と思われる女性や男性が何人も軽やかに泳いでいった。彼らの仲間になってからは目につくようになったが、昔は通りを歩く人間になど欠片も注意を払わなかったものだ。移動には必ず運転手付きの社用車を使い、自分の足で歩くことなどほとんどなかった。

秋とはいえ、コートを羽織るのにはまだ少しだけ早い。オーダーメイドスーツに身を包み、手ぶらで陽《ひ》の落ちた繁華街の交差点を横断する姿を人はどう見るだろうか。一瞬、そんなことを気にした山吹だったが、すぐにかつての自分が他人など気にも留《と》めなかった事実を思い出し、知らず苦笑を漏らしてしまった。

(……あ)

大通りに面した量販店へ向かう途中に、世界的に有名なアクセサリーブランドの路面店がある。山吹がちょうどその前に差しかかろうとした時、意外にも店から出てくる涼が視界に入った。

（なんだ、あいつ。こんな時間から、店外デートか？）

涼は女性を伴っており、まだこちらには気づいていないようだ。連れの女性はサングラスをかけていたが、恐らく年上だろう。細い身体に上品なワイン色のツイードスーツを着て、見事な脚線美を九センチのヒールで支えている。真っ黒なショートカットは逆に色っぽく、細いうなじから肩までの滑《なめ》らかなラインを一層美しく引き立てていた。

彼女は何か涼へ声をかけると、今の店で購入したらしき水色の紙袋を彼へ手渡す。意外だったのは涼の反応で、山吹の知る限り女性客と一緒にいてこんなにつまらなさそうにしている横顔など初めて見た。陽気な瞳には翳《かげ》が差し、かろうじて作った微笑にもぎこちなさが溢れている。それでも彼女が何か言う度に、律儀に返事だけは返しているようだった。

相手の年が幾つかは不明だが、サングラスをかけていても誰の目にも美女だとわかる。それは、彼女の醸し出す雰囲気が無視できない『華』を持っているからだ。そんな上等な客と一緒だというのに、少しもやる気の見られない涼が山吹には不思議で仕方がなかった。

「あれ……山吹さん……」

あんまりジッと見つめていたので、気配を感じたのだろうか。不意に涼がこちらを振り向き、面食らったような顔をした。不用意に目が合った気まずさに、山吹の方もなんて答えようかとたじろいでしまう。仕方がないのでとりあえず口を開いたが、何か言う前に女性の方が逃げるように身を翻《ひるがえ》し、タイミング良く走ってきたタクシーの空車に向かって手を挙げた。

彼女は車に乗り込みながら尚も話しかけていたが、追い払うような仕種でぞんざいにあしらわれてしまい、しょんぼりとシートの奥に収まる。涼はやれやれとため息をつき、ドアが閉まって車が走り出すまで憂鬱そうに見送っていた。

改まって話しかけるきっかけを失い、山吹は困ったものだと所在なく思う。こんなことなら足を止めたりしないで、さっさと無視して行ってしまえば良かった。だが、そんな気持ちを知ってか知らずか、涼は努めてなんでもない風を装いながらこちらにゆっくりと近づいてきた。

「なんだよ、山吹さん。店はどうしたの？　もう開店だろ？」

「俺は、ただ鍋を……」

「鍋？」

「いや、なんでもない。おまえこそ何やってたんだ、こんなとこで」

「見ての通り、営業だよ。あの客、かなり太いからね。ほら、こんなの貰っちゃったよ」

彼が目の高さまで掲げてみせた紙袋には、世のＯＬが後生大事に取っておくブランド名が銀色のインクで刷られている。だが、いつも涼が見せる割り切った笑顔はそこになく、そのまま車道へ放り投げてしまうんじゃないかと、見ている山吹はハラハラした。

「……何？」

「え……何がだ？」

「なんか、調子狂うじゃん。山吹さんが、おとなしいと」

「…………」

「お互い、変な時間に会っちゃったな。真夜中でないとカンが鈍るよ」

涼は軽くため息をつき、凝った身体をほぐすように右の手のひらで左肩をそっと押さえる。

確かに、こうして互いのテリトリー以外の場所で会うのは妙な感じだった。見慣れた軽薄な表情は影を潜め、年よりも幼くなった目付きはどこか危なっかしそうにすら見える。実際は山吹よりもずっと世間ズレしていて、その年で見なくてもいいものをたくさん見てきただろうに、目の前にいる涼はまるきり素のままだ。

真夜中でないとカンが鈍る。

そのセリフには、山吹も深く共感していた。

こんな普通の夕暮れ時に雑踏の中で出会ってしまうと、いつもはスラスラ言えるはずの涼の嫌いなところが、ひどくあやふやになってくる。そうして、先ほど彼が見せたホストらしからぬ態度や、こちらに気づいて狼狽《うろた》えていた顔が、何度も瞼《まぶた》に蘇っては山吹を混乱させるのだった。

「時間、大丈夫なの？　こんなとこで足止め食らってさ」

「そっちこそ、忙しいんじゃないのか。おまえが全然顔を見せなくなったから、どうしたんだろうとは思ったんだが……やっぱり、心配することもなかったな……」

「え……」

「あ、ち、違うぞっ。俺じゃなくて、藍や紺がうるさく言うから……っ」

別に、言い訳しなくてはいけないことなど何もない。それなのに、あんまり涼が素直に驚いてみせたので、山吹はムキになって藍たちの名前を強調した。万が一にも、自分が涼の不在を気にかけていたと思われては一生の恥だ。

涼はそんな山吹の反応をキョトンとして見ていたが、急におかしさがこみ上げてきたのか、突然小さく吹き出した。やがて、それは初めて会った夜のような明るい笑い声となり、道行く人が何事かと訝しげな視線を二人へ投げていく。

「おまえなぁ……」

いつもの山吹なら居たたまれずに彼を置いて逃げるところだったが、ようやく涼が笑顔を見せたので恥ずかしさよりも安堵の気持ちの方が強かった。そんな自分に疑問を抱《いだ》かないでもなかったが、今はとりあえずいいかとそれ以上考えるのをやめておく。人目はかなり気になったが、それよりも見知らぬ涼の顔を笑い声がかき消してくれたことの方が嬉しかった。

「ごめん、ごめん。でも、嬉しいじゃん。藍ちゃんや紺が、気にかけてくれるなんて」

「ま……まぁな。一応、あいつらもこの街に馴染《なじ》んできた証拠だろう」

「一番馴染んでないあんたが言うのも、なんかおかしいけどね」

ひとしきり笑った後、涼は気が済んだかのように大きく伸びをする。それから、山吹の方をちらりと見て「俺、山吹さんについていこうかな」と予想外なことを言い出した。

「どうせ、店に戻るんだろ？　そこまで言われたら、顔を出さないわけにはいかないし」

「やめてくれ。なんで、俺がおまえなんかと鍋を買いに行かなきゃならないんだ。店に行くなら、おまえ一人で行けばいいだろう」

「鍋？　なんだよ、山吹さん。あんた鍋を買いに来たんだ？　ダンヒルのスーツ着て？」

「うるさいっ。何を着て買い物しようと、俺の自由だっ」

「すっげぇ、今のツボなんだけど。どうしよう、もう一回ここで笑ってもいい？」

許可を求めるセリフも終わらない内に、もう涼は笑い出している。山吹は苦虫を噛み潰した顔で、今度こそ置き去りにしていってやると胸の中で憤然と呟くのだった。


「すみません、お待たせしましたか？」

「いいえ、大丈夫。私の方が、少し早めに来てたのよ」

懐石レストランの個室に案内された山吹は、先にテーブルへ着いていた女性へ軽く頭を下げた。彼女はデートクラブを始めた時に真っ先に常連となってくれた相手で、今でも山吹にとって一番のお得意様だ。おまけに、全国に数十の支店を展開する大手エステサロンのオーナーであり、美容業界ではちょっとした有名人でもあった。

「里帆《りほ》さんはいつも美味しそうに食べるので、見ていて気持ちがいいですね」

「それはそうよ。あなたと食事をするのは、最高の娯楽ですもの」

運ばれてきた料理の彩りを目で楽しみながら、小宮《こみや》里帆は優雅な笑みを浮かべる。見た目は三十代後半かせいぜい四十代初めくらいにしか見えないが、それも美を売る者の務めなのだと言っていた。実際の年齢を山吹は知らないが、「あなたが想像しているより、プラス五歳は上よ」と余裕で笑われたことがある。

「ちょっとの間、御無沙汰《ごぶさた》でしたね。お元気でしたか？」

「ええ。仕事が忙しくて、ようやく一息ついたところ。ほら、前に話していたコスメの開発が上手くいきそうなの。来月には新会社を設立して、そちらにも力を入れるつもり」

「里帆さんほど信用があれば、どこの銀行でも二つ返事じゃないですか？」

「そう上手くはいかないけど……あなたが教えてくれた中国の銀行、いろいろと面白いわ」

「それは、お役に立てて何よりです」

山吹はとっておきの笑みを返して、改めて里帆と乾杯する。こういう会話は、さすがに他のお客とはできなかったので、彼女に会うのは楽しかった。ビジネス面で教わることも多かったし、女性ならではの視点から鋭い意見を聞かされてハッとする時もある。彼女にとって山吹との食事が最高の娯楽であるように、山吹にとって彼女との時間は疑似恋愛より刺激的なものだった。

「実はね、山吹。今日は、あなたに真面目な話があるのよ」

「なんでしょう?」

「唐突な質問になるけど……あなた、いつまでホストを続けるつもり?」

「え……」

「ほら、確かあなたってNYのレイティワールド社で開発営業の部署にいたのよね?」

「そうですが」

懐かしい名前だ、と思いながら山吹は頷く。あの頃は今とは違う意味で、毎日が戦場のようだった。里帆の言うレイティワールド社とは建築業界にその名を馳《は》せる有名企業で、傘下には数百の子会社を持っている。アメリカの大学を出た山吹は建築資材開発の部署に配置され、ライバル社が次々と発表する新製品のどれだけ上をいくか、どこで先手を取るか、膨大な情報の波にのまれながら日々検討し、業績を着実に伸ばしてきたのだった。

「研究員ではなく、いわゆる渉外でしたが楽しかったですよ。俺はアジア担当でした」

「宣伝部とのパイプ係もしていたのよね?」

「ええ、まぁ……。物が物なんで、イメージで売る商品とはアプローチから違いますし」

「じゃあ、その時に培ったノウハウを私のところで生かしてみる気はない？」

「里帆さん……」

思いがけない言葉に、山吹は一瞬自分の耳を疑う。だが、里帆はまるで世間話でもするかのような軽やかさで、もう一度同じセリフを口にした。

「私のところで、あなたの経験と知識を活用してみるつもりはないかしら？」

「それは……どういう……」

「あなたを、さっき話したコスメの新会社に引き抜きたいの。従来のブランド品と違って、これはドクターズコスメとして展開するつもりだから、あなたにもいろいろ面白いことができると思うわよ。もちろん、それなりのポストは用意する」

「…………」

「そうなったら、残念ながらこの関係は解消だけど。でも、誤解しないでちょうだいね。私は、変な下心で話を持ちかけているわけじゃないのよ。あくまでビジネスとして考えて？」

「……わかりました」

答える声が、緊張で微《かす》かに固くなっている。それほど、里帆の申し出は魅力的だった。毎晩「このままでいいのか」と自分へ問いかけていた身としては、願ってもない働き口だ。不慣れな夜の世界で社会人としての自信まで失いかけていたが、これで新しい道が開けるかもしれない。

里帆は必要なことだけ伝えると、返事はしばらく待つと言って完全にオフの顔になった。こういう切り替えの早さも、山吹が密《ひそ》かに尊敬するところだ。彼女は次々と運ばれてくる見目麗しい秋の料理を堪能し、最近習い始めたという香道の話を始めた。

ソツのない返事を笑顔で返しながらも、山吹の頭は先ほどの新会社のことでいっぱいだ。

このところ行き詰まりを感じていた人生に、新しい風が吹いてきたような感じがしていた。

食事と酒を付き合い、その晩はそれでお開きとなる。里帆を運転手の待つ車まで送り届けた後、ようやく山吹は営業スマイルを崩した。身体の奥からふつふつと興奮が湧き起こり、冷たい夜風が吹きつけても少しも寒く感じない。ビジネスの最前線で動き回っていた時の充実感が、久しぶりに蘇ってくるようだった。

「……よし！」

思わず拳を握りしめると、長かった苦闘の月日が走馬灯のように脳裏を駆け巡る。四人の中では唯一社会経験もあり、通常ならもっとも頼られる立場でいなければならないのに、何故だかいつも思うように事が運ばなかった。そのためいらぬ屈辱を味わったりもしたが、世間には『適材適所』という言葉がある。生身の人間相手に駆け引きするよりも、数字やデータを武器に見えない相手とやり合う方がやはり自分には相応しいのだ。

「問題は……あいつらに、どう切り出すかだな……」

一通り興奮が冷めてくると、いっきに現実が押し寄せてくる。『ラ・フォンティーヌ』をなんとか維持していこうと毎日一生懸命な彼らに、引き抜きが来たから転職するとは言い難い。まして、あの店は山吹が言い出して始めたものなのだ。

「どうしたものかな……」

やり甲斐や収入、将来性など、どれを取っても里帆の話に乗った方がいいに決まっている。けれど、山吹だって店に愛着がないわけではないし、自分だけさっさと昼間の世界に戻るのはやっぱり気が引けた。決めるのはあくまで本人の自由だが、他の三人の気持ちをないがしろにしてまで……と思うとどうしてもためらいが出てしまう。ただ、自分に合ったビジネスの世界で実力を思い切り試してみたいと思う気持ちは強かったし、このままホストとしてくすぶっているのは絶対に嫌だった。

腕時計を見ると、もうすぐ夜中の十二時になるところだ。

先日涼が漏らした「真夜中でないとカンが鈍る」というセリフを思い出し、打ち明けるなら今がいいだろうかと山吹は思った。

「あ、山吹兄さん。おかえりなさい」

引き戸を開けると、真っ先に藍が駆け寄ってくる。ユリカにああは言ったものの、また厨房から出てきたのか……と思って店内を見たら、それもそのはずお客は誰もいなかった。

「でもね、さっきまで女性のグループが二組いたんだよ。どっちも涼さんのお客さんらしいけど、ほら涼さんは夜中の三時くらいにならないと出てこないでしょう？　お店自体の営業もうんと遅いから、それまで時間潰しに飲んでいってくれたんだ」

「けっこう気に入ってたみたいだぜ。絶対、また来るって言ってたし。な？」

「そうそう、すごく喜んでたよ。紺とも、意気統合してたし。ね？」

小難しい顔の山吹を見て、藍と紺はわざとらしいくらい明るい口調で報告をする。恐らく、客の入りを憂慮しているとでも勘違いしたのだろう。けれど、左右から無邪気に話しかけてくる二人を見ていると（とても言い出せない）と、山吹はますます渋い表情になってしまうのだった。

「ともかく、山吹兄さんも疲れたでしょう？　お茶いれようか？」

「ああ、ありがとう、藍。でも、大丈夫だよ。今日は、もう店じまいするのか？」

「まだ開けておくつもりだけど……でもね、すっごいニュースがあるんだよ」

「ニュース？」

おうむ返しに尋ねる山吹に、藍が張り切ってこっくりと頷く。そのまま右腕を引っ張られ、碧と龍二の待つ奥のテーブルへと連れていかれた。

「おかえり、山吹。お仕事、ご苦労さま」

「あ……ああ……」

碧が柔らかな声でねぎらい、女王のような微笑みで自分の隣へ座るように促す。最近不機嫌な顔が目立っていたが、珍しく今夜は穏やかな顔つきだ。龍二だけは相変わらずの仏頂面だったが、彼の場合はそれが普通なので特に気にならない。それより山吹を不安にさせたのは、いつもより一・五倍はハイテンションになっている年少二人組の態度だった。

まさか、新規の客が二組ついたくらいでこんなに浮かれたりはするまい。一体何があったんだろうと訝《いぶか》しみながら席に着いたら、待ち兼ねたように龍二以外の三人が身を乗り出してきた。

「皆で、山吹の帰りを待っていたんだよ。ちょっと相談があるんだ」

「相談？　そういえば、ニュースがどうとか……」

「そうなんだよ！　あのな、兄ちゃん。うちの店、スポンサーが現れたんだ！」

「スポンサーだと？」

「今日、山吹兄さんが出かけた後で男の人がやってきたんだよ。初めて見る顔だったけど、その人はあるお金持ちの代理人で、僕たちのホストとしての素質を買ってるんだって。それで、もっといい場所に新しくお店を出してあげるから、そこでホストクラブをやってみないかって」

「あ、店の名前は変えなくていいんだよ。向こうはお金を出すだけで、実際の経営や方針に関しては一切うるさいことは言わないってさ。良かったね、山吹。君、名付け親だし」

「……………」

あまりに予想外な内容だったので、山吹はすぐには声が出ない。先ほどの里帆といい唐突なスポンサーの出現といい、借金で苦しんでいた時にはどこからも救いの手など差し伸べられなかったのに、一息ついた途端おいしい話が連続で舞い込むなんて神様は何を考えているのだろう。

山吹が長いこと呆然《ぼうぜん》としていたので、皆は嬉しさを噛み締めていると思ったようだ。碧が黙って左肩に手を置くと、見惚《みと》れるような美貌を惜しげもなく近づけてきた。そのまま息が触れるほどの至近距離から、甘い声音で「感動して泣いてるの？」とそっと耳打ちしてくる。反射的にぞわっと全身に鳥肌が立ち、山吹は青い顔で叫んだ。

「だっ、誰が泣くかっ。碧、おまえ仮にもこいつらの兄代わりだろうっ。その金持ちの身元とか、信用できる話なのかとか、ちゃんと調べたんだろうな？」

「なぁんだ、人がせっかく気分出してあげたのに……」

一瞬で妖しい色気をかき消して、碧はつまらなさそうに山吹から離れる。もしかして、こいつはいつもこんな調子で客やら人妻やらをたぶらかしていたんだろうか。そう思うと、改めて碧の魔性ぶりに身震いがする思いだった。

「もちろん……といいたいところだけど、何しろ今日の話だからね。残念ながら、まだ詳しいことは何もわかんない。でも、また来るって言ってたし、支度金とかも必要ないってさ」

「ただ、向こうで勝手に金を押しつけておいて、知らない間に法外な利息つきの借用書にサインさせられる場合もあるからな。山吹さんじゃねぇけど、やっぱり用心した方がいい」

それまで黙って皆のやり取りを聞いていた龍二が、あくまで冷静に口を挟んできた。

「俺、そういうパターン何度も見てきてるから。俺のいたあずみ金融に限らず、世間じゃよくある詐欺の一つだよ。取り立て、ハンパじゃないぜ。言っとくけど」

「……なんか、龍二さんが言うと迫力が違うな……」

紺がゴクリと生唾《なまつば》を飲み込み、夢から覚めたような顔で呟く。だが、山吹は「よくぞ言ってくれた」と彼と両手で握手をしたい気分だった。同時に、スポンサーの件が落ち着くまでは、とても自分の転職どころではないな、とも思う。もしその話が本当なら願ってもないことだし、安定した状態で仕事ができれば一人抜けたところでさほどダメージはないだろうが、今すぐ話を持ち出すのはやはりタイミングが悪い。しばらく、里帆には返事を待ってもらった方がいいだろう。

（いいのか、それで……本当に……）

チャンスは、そうそう転がっているものではない。逡巡《しゅんじゅん》している間に逃してしまったら、自分は激しく後悔することになるかもしれない。言い出せる雰囲気ではないのはわかっているが、それでも微かな迷いがまだ山吹の中でくすぶっていた。

結局、その晩は待ってもお客が入りそうになかったので早じまいをすることになった。まだいろいろと一人で考えたかった山吹は、後片付けを終えて部屋に戻ろうとした碧と紺に「少し用事がある」と言い訳をして店に残る。藍が龍二のマンションに泊まるとかで一緒に帰っていく姿を少々複雑な気分で見送った後、ようやく静まり返った店内でホッと息をついた。

「スポンサーか……」

里帆の誘いと同時にそんな話が飛び込むとは、いよいよこのボロ家ともお別れの時がやってきたのかもしれない。いずれにせよ、海堂寺家に新たな運命が開けようとしているのだ。ところが、先刻までの興奮はどこへやら、合皮のスツールに腰を下ろした山吹は狭いカウンターに重たいため息を落とす。意外なことに、今自分が感じているのは、ひたすら淋しさだけだった。

「なんだかんだ言っても、けっこう貧乏生活を楽しんでたからな……」

永遠に続くと言われればウンザリもするが、いざゴールが見えてきたとなると話は別だ。親に逃げられ、路頭に迷った四人がここまで結束を固められたのも、ゼロから協力しあって生活の基盤を築き上げてきたからだった。それまでの山吹は、紺とは兄弟なのにろくに会話をかわしたこともなく、冠婚葬祭の親族パーティで見かける碧を「近づくと厄介《やっかい》そうだ」と露骨に避け、本家跡取りの藍のことも可愛いだけで中身は空っぽのお坊っちゃまだと思い込んでいた。

それなのに、今では何よりも彼らが愛《いと》しい。多くの場面で助けてもらったし、彼らがいるから畑違いの業界でも「なんとかしなければ」と頑張ることができた。その思い出の全《すべ》てが、このボロボロの平屋から生まれている。不吉な噂に包まれた、タダ同然の問題物件。土地だけは地主の持ち物だが、いずれは土地も買えたらと本気で考えていた。

「ここに住んだら、不幸になる……か……」

『ラ・フォンティーヌ』を開店してからは、「常連になったら」に変わったようだが、それだけでもいかにいい加減な噂かは明らかだ。確かに、ここは金とはまったく縁がないかもしれない。だが、幸せの基準をどこにするかで不幸は幸福に姿を変える。そういう気持ちを、何不自由のない綺麗な店や潤沢《じゅんたく》な資金の新会社でも自分たちは持ち続けていけるだろうか。

「ダメだ。すっかり貧乏性になってしまっているな」

いつになく弱気な自分に苦笑を漏らし、山吹は「しっかりしろ」と言い聞かせた。大きなチャンスを前にしり込みするなんて、そんなの負け組のすることだ。まずやるべきことはスポンサーが信用できる相手かどうか調べることで、申し出を受ける受けないはそれから検討すればいい。

「あ、もしかして山吹さん一人なんだ？」

静寂《せいじゃく》を破る陽気な声と一緒に、調子よく涼が店へ入ってきた。よりによって、今夜もっとも会いたくない相手だ。山吹は険しい顔で彼を睨みつけると、無駄とは知りつつ言った。

「なんだ、人の店にズカズカ入ってきて。おまえは、いつも傍若無人だな」

「他に客がいるわけでなし、別にいいじゃないか。それに、酒も飲まずにカウンターで考えごとなんていくらなんでも暗すぎるよ。それとも、今から飲むなら付き合おうか？」

「おまえは、これから出勤だろう。夜中の三時からバカ騒ぎして、アフターが朝食とはいいご身分だな。ともかく、今日はもう閉店なんだ。帰ってくれ」

「まあまあ、そう言わないでさ」

山吹は普段と同じ調子で言い返そうとしたのだが、何故だか今夜の涼は聞き入れない。愛想のいい笑みはそのままだったが、まるきり悪態など無視して隣のスツールへやってきた。

なんなんだ……と些か山吹はぶ然としたが、涼が出勤前なのは確かなようだ。今夜の彼は開いた胸元にシルバーのクロスを光らせ、濃淡のついた紫のストライプシャツの上から墨色のジャケットを羽織っている。指にはお馴染みのゴツいリング、茶色い髪の隙間からは小粒のガーネットのピアスを覗かせ、全身これ水商売でございという華やかさだ。それでも、不思議と悪趣味に見えないのは、これはもう素材の良さというしかないだろう。

「……あのさぁ、山吹さん」

どうやら、いつの間にか涼の姿に見入っていたらしい。少々居心地の悪そうな声を遠慮がちにかけられ、山吹はハッと我を取り戻した。

「なっ、なんだっ」

「いや……その……なんか、観察されてる、俺？　売れっ子ホストの生態調査とか？」

「何、バカなこと言ってるんだ。少しボーッとしていただけだろう」

「最近、多いよな。ボーッとしてること。あれだろ、ほら……」

「え？」

「え～と、更年期障害？」

「おまえ……真面目に言ってるのか？」

屈託のない横顔に向かって、ドッと疲れを感じながら山吹は言う。

「あれは女性特有の症状であって、男の俺には関係ない。しかも、俺とおまえじゃ四歳しか違わないだろう。何が更年期だ、ふざけるな」

「じゃ、スポンサーの件だ。夕方、紺たちが大騒ぎしてたよ。日頃はクールな碧さんまで、多少は興奮していたみたいだし。いつもと変わらないのは、龍二くらいだったな」

「知って……たのか……」

「そりゃね。この街で起きたことで、俺の耳に入らないものはないから。それに、そのスポンサーの代理人って、実は俺のところにも来たんだぜ。なんでも、少数精鋭の会員制ホストクラブにするんだとか言ってたな。ホストも募集はしないでスカウトのみ、数も少なくていいんだってさ」

「会員制ホストクラブ……」

「その顔じゃ、そっちはここまで聞いてないんだね。大方、金は出すからご自由におやんなさい、とか足長おじさんみたいなこと言われて舞い上がってたんじゃないの？」

「………」

取り繕うヒマもなく図星を指されて、山吹はそれきり何も言えなくなった。涼はしばらく黙っていたが、おもむろに立ち上がると傍らに立ってその背中をポンと軽く叩く。紺や藍が落ち込んだ時に彼が元気づけようとしてよく見せる仕種だが、よもや自分まで……と思うとますます山吹の心は重たくなった。涼にだけは、絶対弱ったところを見せたくなかったのだ。山吹の胸を屈辱の念がぐるぐると渦巻き、すっかり気持ちが暗くなってしまった。

「いいじゃん、いつもパリッとしてなくても」

山吹の葛藤《かっとう》などまるきり頓着《とんちゃく》せず、涼はさらりと言ってのける。

「あんた、いつもは自信満々な男前なんだからさ。惚《ほ》れた女の前でもなし、そんなにカッコつける必要なんかないだろ？　だって、今は俺しかいないんだよ？」

「おまえしか、いないからだろう」

「え……？」

「俺は、おまえに同情されるのが一番嫌なんだ。あまつさえ、励まされるなんて屈辱の極みだ。大体、最初からおまえは俺たちのことをバカにしてたじゃないか。素人が集まって何をやってるんだって目で、いつもちょっかいかけてきやがって。その顔でちょっと優しくすればバカな女どもは騙《だま》せるだろうが、俺はそうはいかないからなっ」

「…………」

勢いに任せて怒鳴り散らすと、僅かな間の後で涼が背中から手を外した。心なしか厳しくなった表情を見て、山吹は自分の言葉が過ぎたことに気づいたが、今更謝ったところで発言は取り消せない。大体、この程度の罵倒《ばとう》で傷つくようなやわな男とは到底思えなかった。それに、もし涼が本当に怒ったのだとしても、元から馴れ合う気持ちなどこちらにはない。それならそれでけっこうだ、と開き直っていたら、不意にグイッと強く右腕を掴まれた。

「な、な、何するんだ」

「――ちょっと来て。俺、もう店に出る時間だから」

「だから、なんで俺の腕を……」

「一緒に来いよ。奢《おご》ってやるから、一度その目で俺の店を見るといい」

「なんだと……」

「俺のことは何を言っても構わないけど、俺のお客さんの悪口は聞き流せないからね」

「お……おいっ」

その気になれば振り払えないこともなかったが、気迫に負けた山吹は涼に引きずられるようにして彼と一緒に『ラ・フォンティーヌ』を出る。真夜中だというのに外はネオンの洪水《こうずい》で、昼間よりも眩しい光がアスファルトのあちこちに投げかけられていた。

「あ、涼ちゃん。おはよう～、これからご出勤？」

「おはよう、純ちゃん。終わったら、寄ってよ」

「涼さん、おはようっす。緑川《みどりかわ》さんと山下《やました》さん、もう店でお待ちですよ」

「マジで？　あ、貴裕《たかひろ》。キャッチから戻る時、ミントガム買ってきて」

「まぁ、涼ってば今日は男と同伴なの？　いつからコッチの人になったのよぉ」

「男前でしょ？　手、出すなよ」

驚いたことに、ほんの数分間喧噪《けんそう》の中を泳いだだけで、次から次へと涼に声がかかる。風俗嬢、ホスト仲間、買い物中のゲイバーのママに深夜営業の薬屋のおばさんまで、実に雑多な人種がそれぞれ仕事の手を休めては、通りすぎる彼の姿を目の保養とばかりに堪能しているのだ。そんな相手に引っ張られて、山吹は目を白黒させながら『ミネルヴァ』までの道を早足で歩き続ける。この時間、店から滅多に外出したりはしないので、世間がここまで賑やかだとは思わなかった。

「よぉ、涼じゃねぇか。なんだなんだ、愉快なオッサン引き連れて」

「ひどいなぁ、椿《つばき》さん。よく見てくださいよ、いい男でしょ。ほら、木造平屋の幽霊屋敷でホストやってる山吹さんですよ」

「ああ、あそこまだ営業してんのか。あれだ、あずみ金融の龍二が担当してたとこだな」

「今、コックやってますよ。カワイ子ちゃんの恋人見つけて」

急に立ち止まったかと思ったら、今度は見知らぬ若い男と呑気《のんき》に立ち話など始めている。

ひとしきり雑談を交わした後、相手が立ち去るのを見計らって山吹は渋い顔で尋ねてみた。

「なんだなんだ、今の男は、人のことをオッサン呼ばわりするとは失礼な……」

「あの人は、和泉《いずみ》会のヤクザだよ。若いけど幹部の右腕。怒らせるとすげぇ怖いよ？」

「ヤクザ……」

「あのさぁ、山吹さん。言っちゃなんだけど、あんた今までこの街で何やってたわけ？　ここで商売をやってくなら、最初に和泉会へ挨拶《あいさつ》くらい行っただろ？　ここの管轄は椿さんじゃないけど、よく街では会う人なんだし、幹部と側近の顔くらい覚えておきなよ」

「…………」

本気で呆れた顔をする涼に、悔しいが山吹は何も言い返せない。『ラ・フォンティーヌ』の開店が決まった時、近所の挨拶回りだけは山吹たちがしたのだが、あずみ金融に借金があったためあまり出歩くなと友人の弁護士から釘《くぎ》を刺されていた。そこで、ヤクザなどの少々面倒な相手には友人が代わりに話を通してくれたのだ。だから、山吹は言われるままに毎月一定の金額を『場所代』として指定口座に振り込むだけで、ヤクザと直接顔を合わせたことなど一度もない。間に立ったのがやり手の弁護士だったため、和泉会の方でも敬遠して関係者が店へやってくることはなかった。

けれど、そんなのは単なる理屈だ。涼だって承知の上で、苦言を呈しているのだろう。山吹の変わらない頑《かたく》な姿勢が、この街の住人を見下していると解釈されるのは当然だった。

「おまえは……いつからこういう生活してるんだ？」

「え？」

「はっきり言って、俺は百八十度違う世界で生きてきた。店を始めるまではこの繁華街だって足を踏み入れたことがなかったし、今でも一本裏に入るとすぐ道がわからなくなる」

「ああ……路地裏とか抜け道が多いからなぁ」

「いや、そういう問題じゃない。おまえが言う通り、きっと俺は覚悟が足らないんだろう。自分でもそう思うんだ。俺は一生この街に住むつもりなんかないし、チャンスがあれば元の生活に戻りたい。その気持ちは、多分何年たっても変わらないと思う」

「山吹さん……」

「……手を離してくれ。大丈夫、ちゃんと店には行くから」

山吹の言葉に何かを感じたのか、涼はためらいがちに摑んでいた手を離す。道行く人のざわめきが二人の沈黙に割り込み、気まずさを一層引き立たせていた。山吹は眼鏡の中心を中指で上げ、居住まいを正してから強い瞳で涼を見返す。あれこれ悩み続けていたが、そのどれもが自分の甘さから生まれたものだった。まずは足許をしっかり見つめ、大人の分別で対応していかねば、と強く思う。

「おまえとの賭《か》け、思い出したよ」

本当は一度だって忘れたことはなかったのだが、山吹はあえてうそぶいた。

「そっちは、まだ覚えているか？」

「……覚えてるよ」

意外にも、涼は少し拗《す》ねたような声で忌《い》ま忌ましそうに答える。その顔は、「せっかく知らん顔しといてやったのに」とでも言いたげだった。

「あんたんとこの売り上げが、一晩でもうちの『ミネルヴァ』を抜いたら」

「そう、俺と寝るって言ったんだ」

「寝てやる、だよ。間違えんな」

ささやかすぎる抵抗に、山吹は思わず笑いが込み上げてきてしまう。それは、藍と龍二が恋人同士だという衝撃の事実が判明した後、どさくさまぎれに涼が口にした他愛もない戯《ざ》れ言だった。しばらくは事あるごとにそのネタでからかわれ、お陰でずいぶん辟易《へきえき》させられたものだ。

それが、いつ頃からだろう。

涼は、ぱったりと賭けのことを言わなくなった。

山吹は内心ホッとしたので自ら話題にしなかったが、他の者は初めから趣味の悪い冗談としか捉《とら》えていなかったらしい。誰もその件について蒸し返したりせず、いつの間にか忘れられていた話だった。それをわざわざ持ち出した意図が、涼にもよくわからないようだ。

「なんで今更……まぁ、絶対に無理だと思うから、賭けにもなんにもならないけどさ」

「おまえのそういう物言い、俺は本当に嫌いだよ」

「………」

「──決めた。一晩でもそっちの店の売り上げを抜いて、それから俺は転職をする。おまえは俺をナメているからあんな賭けを言い出したんだろうが、必ず後悔させてやるからな」

「な……に、言ってんの……」

「その代わり、こちらにも条件がある」

山吹は絶句する涼に向かって、宣戦布告のように言い放った。

「俺が勝った時、女役をやるのはそっちだからな」

「えっ！」

「当然だろう。そうでなきゃ、勝っても拷問《ごうもん》を受けるようなものじゃないか。なんで自分から苦労して、男にやられなきゃならないんだ。負けた方が引き受けるのが筋ってものだ」

「そ……それは……そうかもしれないけど……」

答える涼は、ひどく複雑な表情をしている。恐らく、自分が山吹に抱かれている場面が上手くイメージできないせいだろう。しかし、それは当たり前だ。藍と龍二のように明らかな体格差があるのならまだしも、山吹と涼は僅かに山吹の背が高いくらいで、肩幅といい筋肉の付き具合といい、ほとんど似たようなものだったからだ。

しばらく考え込んでから、やがて覚悟を決めたように涼が口を開いた。

「そっか……俺が女役か。山吹さん、俺のこと抱く自信があるんだ？」

「目をつぶってしまえば、後はどうにかなる」

「……大雑把だなぁ。俺、声出すよ？」

「えっ」

「そりゃ、声くらい出すよ。せっかくだし、AV女優みたいに喘《あえ》いであげよっか？」

「やめろっ！　声なんか出したら絞め殺す！」

真っ青になって拒否する山吹を見て、ようやく涼は調子を取り戻したようだ。勝ち誇った微笑で山吹に近づくと、挑戦的な眼差しで「そんなんで、本当にできんのかよ」と囁いた。

「これは、俺の勘だけど……」

「なんだ？」

「山吹さん、けっこうセックスは上手いと思うんだ。ただ、頭でヤるタイプ。そうだろ？」

「頭を使わなかったら、ただのケダモノじゃないか」

「バカだな、ケダモノでいいんだよ。そうでなきゃ、面白くない」

そう言って更に顔を近づけ、一瞬の隙を突いて素早く唇を重ねてくる。

突然のことに山吹は何が起こったのかわからず、瞬きする間にもう涼の唇は離れていた。

「なっ……おま、今……っ」

「あれ？　さっきまでの勢いはどうしたのかなぁ？　この程度で狼狽えてるようじゃ、俺を抱くなんて百年かかっても無理なんじゃないの？」

「そういう問題じゃないっ。こ、ここは往来なんだぞっ。人目が……」

「誰も気にしやしないよ。あんたが、ぎゃあぎゃあ喚《わめ》きさえしなけりゃね」

涼は笑って軽くいなすが、山吹にしてみればとんでもないことだ。女性が相手ならまだしも、男でしかもこの界隈一の有名人とのキスシーンともなれば、どんな噂が広まるかわからない。

だが……——。

そうか。

それなら、それでけっこうだ。

山吹は半ば自棄《やけ》気味にそう呟くと、再び涼を見つめ返した。いい加減、相手のペースばかりに付き合ってはいられない。こちらも、伊達に昼の世界を二十七年間生きてきたわけじゃないのだ。

「頼むから、そんな睨まないでくれる？　ちょっと試してみただけじゃん」

「……よくわかった。おまえは、とことん俺をバカにするつもりなんだな」

「え……ちょ、ちょっと……」

たじろぐ涼のうなじに右手を回し、そのまま強引に引き寄せる。彼がまた余計なセリフを言い出す前に、山吹はその唇を自分の唇で強く塞いでしまった。

「……ん……っ」

涼の喉が微かに震え、困惑に縁取られた声が溢れ出る。

ふざけたキスなど消し飛ぶような、長く濃厚なキスだった。戸惑う舌を強引に捕らえ、じっくりねぶりながら誘いをかけると、初めは強張《こわば》っていた涼の身体が観念したように力を抜いていく。熱い吐息を絡め合い、角度を変えて何度も口づけながら、山吹は彼の髪の毛を指で優しく愛撫《あいぶ》した。ため息まで全て味わい尽くし、触れ合った場所から生まれる情熱で、僅かな理性も戸惑いもキスで無理やり蕩《とろ》かしていく。涼の応《こた》える先を読み、その呼吸のリズムに合わせて、山吹は熱情に浮かされたように甘くその唇を慈しんだ。

ようやくキスから解放し、急激に温度の下がった眼差しを向けると、信じられないことに涼の顔が屈辱のためか赤く染まっている。彼は不本意この上なしといった表情でこちらを睨み返し、まだ微熱の残る瞳で何度も悔しそうに瞬《まばた》きをくり返した。

「し、信じられない真似をする奴だな……人目はどうでもいいのかよ」

「よくはないが、やられっぱなしでは引き下がれない。それでなくても、おまえは調子に乗ると本当に始末に負えなくなるからな。……どうだ？」

「え？」

「頭でするキスだって、充分いいだろう？」

山吹がそう言うと、涼は激しくムッとした様子で唇を噛む。色恋を仕事の武器にしている人間としてみれば、キス一つで黙らされたのは相当な悔しさだっただろう。現に、彼が感情を露《あらわ》にしたところなど、山吹は今まで目にしたことがなかった。まして、こんな風に睨まれるなんて嘘の笑顔を百回向けられるよりも価値がある。

深い満足感を覚えながら、山吹はフンと両腕を組んだ。同性を相手に熱烈なディープキスを、しかも往来の真ん中で堂々としたことなど愚かにもすっかり意識から抜け落ちていた。

後から、それをどれだけ後悔するかも知らないで。

2

山吹の様子が、どこかおかしい。

それは、疑問の余地もない全員一致の意見だった。

「まぁ、変って言えばこのところずっとだったんだけど」

藍と紺を連れて近所のファミレスへ行った碧は、目の前のマロンパフェをざくざくと雑につき崩す。

「寝る前なんかも、重苦しいため息とかついちゃってさ。あの人、もともと生真面目だから。いろいろと悩みは尽きないんだろうけどね」

「けど、ここ数日の兄ちゃんは特別に変だよ」

「僕もそう思う……。あのね、僕が龍二さんと話してるとこ、なんかジーッと見てるんだ。前までなら、もっと叱ってるっていうか……怒りモードだったんだけど、最近は違うんだよ」

「どう違うの、藍？」

「うん、あのね。別に、僕たち厨房でベタベタしてるわけじゃないんだよ？ 普通に龍二さんが料理してる横で、僕は言われた通り食器並べたり調味料取ったり、そんな風にしてるんだけど。でも、ふって気がつくと山吹兄さんが真剣な目付きで僕たちのこと見つめてるんだ。

物問いたげというか……切なげというか。で、目が合うと急にハッとした顔になって、怒ったみたいに行っちゃうの」

「おまえらがベタベタしてないっつっても説得力ゼロだけど、とりあえずそんな感じかぁ」

紺が腕組みをして考え込む隣で、藍はムウッとふくれ面になる。ちょうど二人が注文したボンゴレとあずきぜんざいが運ばれてきたので、そこでしばらく話は中断となった。

今日、山吹はまたエステサロンの女社長とデートに出かけている。その留守を狙《ねら》っての会合なのだが、夕方のミーティングまでには戻ってくると言っていたのであまり時間に余裕はなかった。

「でも、本当にどうしちゃったのかなぁ。何か悩みを抱えているなら、相談してほしいのに」

「いやぁ、他人に相談するって柄じゃないでしょ、兄ちゃんは。人に弱み見せたりするの、大嫌いなんだから。それで後でにっちもさっちもいかなくなって、結局はモロバレになるわけだけど」

「そこが、山吹の愛すべき点でもあるけどね」

あっという間にボンゴレをたいらげた紺を微笑ましく見ながら、碧はうんうんと頷く。その隣では、猫舌の藍がぜんざいの冷めるのをまだ待っていた。

「とにかく、ちょっと心配だよね。山吹兄さん、本当に元気ないんだよ。せっかくスポンサーも出てきて、お店もこれからって時なのにボーッとしてため息ばっかりついちゃって」

「恋人同士の仲睦まじい姿を見ては、一人ため息ばかりつく。紺、この症状は？」

「え～知らねぇよ、そんなの。恋とかじゃねぇの？」

「こ、恋って、山吹兄さんが？」

「……秋だからねぇ」

それは別れの季節だろうと、紺と藍が同時に胸の中でツッコミを入れたが、碧は一人楽しそうな様子で可愛く頬杖《ほおづえ》なんかついている。時折ちらりと見せる魔性ぶりとは対極な、実に乙女チックかつロマンティックな表情だ。おかしいと言えば最近の碧だってたまに情緒不安定な時があるし、今もどこかのスイッチが入って自分の世界へ行ってしまったようなのだが、山吹と違って後が怖いので誰もあえて話題にしようとは思わなかった。

「山吹兄さんが……恋……」

藍はやっと冷めたぜんざいを口へ運びながら、もう一度その言葉をくり返す。無責任に口走った紺はハナから恋愛説を信じていないのか、そんな藍を軽く笑い飛ばした。

「おいおい、ちょっと挙動が不審だからって即恋愛とは限んないだろ。そんなこと言ったら、涼さんだっておかしいんだぜ。昨日、久しぶりに一緒にメシ食ったんだけどさ、すぐボンヤリしちゃって全然魂が抜けてんの。そうかと思えば、いきなりアドレナリン全開で格ゲーに入れ込んだりしてさぁ。あの人の方が、なんかあったかもしんないぜ？」

「それ、山吹兄さんと無関係なのかな」

「え……」

何気ない藍の一言に、紺のみならず碧の意識も戻ってきたようだ。思わず乗り出してきた二人に怯えながら、藍は「だからね……」と勇気を振り絞ってもう一度口を開いた。

「あの二人が変なのって、お互いのせいなんじゃないのかな？」


しばらく返事を待ってほしいという山吹の申し出に、里帆は快く応じてくれた。いつまでもというわけにはいかないが、とりあえず店の件が片付くのに最低でも一、二週間はかかるだろう。返事をそれ以上引き延ばすのは難しいし、恐らく里帆も困るはずだ。だから、山吹は自分から期限を二週間と決めて、彼女にもその時にははっきりする、と約束をした。

『いいわ。じゃあ、また二週間後にね』

皆にはデートだと言ってあるが、実際はアポを取って本社にまで出向いた山吹へ、里帆は興味深そうな眼差しを向けてくる。用件は済んだのにまだ何か言いたそうな顔つきの彼女に、山吹が「何か？」と無言で問いかけると、とうとう微笑を崩して笑い出してしまった。

『山吹。あなた、どうかしたの？　なんだか、小学生みたいな顔をして』

『は？』

『私と会う時はいつも堂々と上等なスーツを着こなして、それこそどんな上流階級のパーティに連れ出しても遜色《そんしょく》のないあなたが、どうしてそんな……』

『…………』

『途方に暮れた子ども、みたいになっているのかしら』

その答えは、なんとなく山吹の胸にある。だが、自分でも認めてしまったら最後だという危機感があるため、本能が考えることを避けていた。

代わりと言ってはなんだが、店に戻る道中でスポンサーの件を検討してみた。紺や藍はすっかり乗り気だが、本当のところ山吹はあまり気が進まない。まだ彼らには伝えていないが、涼の話によると新しく開く予定のホストクラブには、他にも声のかけられたホストが複数いるという。要するに、名前だけは『ラ・フォンティーヌ』のままだとしても、実態は今とはかけ離れたものになるだろう。経営や店の方針には口を出さないという話も、涼から聞いた内容とはかなり食い違う。

（……ダメだ。やっぱり、この話は信用できない）

現在、山吹は情報通の龍二に頼んで、店に現れた代理人とスポンサーの身元を探ってもらっているところだ。本当はその結果を待ってからと思っていたが、考えれば考えるほど胡散《うさん》臭《くさ》い話じゃないかとの確信が固まりつつあった。

（それに、もし俺たちが承諾したら、涼と同じ店で働くことになるわけだろう）

冗談じゃない、と速攻でその意見を却下する。ただでさえ、なるべく関わり合いになりたくない相手だ。この上毎日顔を突き合わせるなんて、想像しただけで目眩《めまい》がする。

（でも、待てよ。同じ店で働けば、自動的に賭けはチャラになるんじゃないのか？）

我ながら姑息《こそく》な考えだとは思うが、先日のキスの一件を山吹は激しく後悔していた。あの時は勢いに任せて賭けの話を自分から持ち出してしまったが、『ミネルヴァ』の売り上げを抜いてから転職などと言っていたら、恐らくいつまでたってもこの街から脱け出せない。第一、「負けたら寝る」という発想がどこから出たのか大いに謎《なぞ》だ。おまけに、いくら対抗意識を燃やしたからといって、アルコールも入っていないのによく往来のど真ん中であんなキスができたものだと思う。今、もう一度やれと言われたら、山吹は舌を噛んで死ぬ方を選ぶだろう。

（本当に……バカじゃないのか、俺は。あんな男に、あんな……あんな……）

その刹那《せつな》、山吹の脳裏に鮮やかにキスの瞬間が蘇る。予想外の行為に驚き、遊び慣れたはずの身体を緊張に強張らせていた涼。けれど、丁寧な口づけをくり返す内に唇は次第に蕩けていき、甘い感触へと変化するまでに時間はかからなかった。

絡めた舌の上で溶ける吐息。

混じり合う情熱は、どちらがどちらへ移したものだったのか。

思い返しただけで背中がぞくりとし、あらぬ方向へ思考が暴走しそうになる。山吹にとってあのキスはあくまで嫌がらせにしかすぎなかったのに、唇を離した後で涼が見せた素の表情が、それを切ない記憶へとすり替えてしまった。

（くそ、あいつが悪いんだ。へらへらしていればいいものを、あんな顔を見せるから……）

勝手な理屈を並べ立て、心の中で思い切り涼に八つ当たりをする。あれから五日がたつが、彼はまだ店にはやってこなかった。紺だけはたまに外で会っているようだが、こちらから様子を聞くのも腹立たしいので山吹はあえて無関心を決め込んでいる。それもいつものことなので、取り立てて変には思われていないはずだ。

『俺、声出すよ？』

からかい半分に涼が言った。心臓に悪いセリフを思い出す。

もし、千か万かの確率で『ミネルヴァ』の売り上げを『ラ・フォンティーヌ』が抜いたら、本当に涼は自分と寝るのだろうか。組み敷いた自分の下で、はたして彼はどんな声を出すのだろう。

（……想像できない……というより、したくない……）

満更でもない気分になるのが怖くて、山吹はブンブンと頭を左右に振った。未《いま》だかつて同性に欲情したことはなかったし、男にキスしたのだってあれが初めてだ。ところが、一刻も早く消し去りたいはずの温《ぬく》もりは、まだ唇にしっかりと留《とど》まって事あるごとに自分を悩ませる。

けれど、無理やりにでも忘れてしまわなければならない。

店や自分の人生が岐路に立っている時だというのに、これ以上問題を抱えたら頭がパンクしてしまう。第一、気まぐれな涼を相手に真剣に悩むなんて無駄もいいところだった。切り売りした恋愛で月に何百万と稼ぐ男に、キス一つ勝ったからといってなんになるだろう。

「……だいぶ、風が冷たくなってきたな……」

ふと虚《むな》しい思いに襲われて、山吹はため息をついてコートの襟《えり》をかき合わせる。だが、それは単なるポーズにすぎず、真夜中の口づけからずっと、身体は微熱を抱えたままだった。


山吹が戻るのを待って、恒例のミーティングが始まった。最近、新規の客が増えたので、なんとなく皆の顔にも気合いが入っているようだ。山吹は（よしよし）と一同を眺め回し、保留にしておいたスポンサーの件について改めて話し合うために口を開いた。

「本当なら、龍二の報告を聞いてからと思っていたんだが……」

「あれ、そういえば龍二さんいないじゃん。藍、知ってるか？」

「山吹兄さんに頼まれて、今回のスポンサーが誰なのかずっと調べてるんだよ。でも、営業時間までには戻るって。下ごしらえも、僕がちゃんとやるから大丈夫」

「……思いっきり不安だな」

紺の引きつった様子など軽く無視をして、藍は龍二が書き留めたメモを熱心におさらいしている。山吹はそんな一生懸命な藍を可愛いと思いつつ、慌てて表情を引き締めた。

「碧、あれから先方は何か言ってきたか？」

「とりあえず、検討中ですって教えられたアドレスにメールを打ったら、明後日にまた直接伺いますって返事が来た。なんか、その時には書類も作成してくるとか……」

「相変わらず代理人だけで、金を出す本人とかについてはノーコメントか」

「篤志家で、俺たちを気に入ってるって……それだけだね。でも、店についてはよく調べてあった。ただし、俺たちが〝あの〟海堂寺家とは思ってないみたい」

「ということは……俺たち自身のプロフィールには、あまり関心がないんだな」

山吹の言葉に、碧は肩をすくめて同意する。いくらホストとして気に入ったといっても、出資する相手の身元くらいきちんと調べるのが常識だ。それを通りいっぺんの調査だけで済ませてしまうなんて、あまりにもアバウトすぎやしないだろうか。

「皆には言いそびれていたんだが……実は、この話には涼も声をかけられているんだ」

「えっ。山吹、それ本当？」

「本人から聞いたんだから、本当だ。どうも、目立ったホストを数名スカウトして、少数精鋭の会員制ホストクラブを作るのが目的らしい」

「ちょっと待てよ、兄ちゃん。俺たちの好きなようにしていいって話なんじゃ……」

「……紺。おまえなら、わかるだろう。涼がスカウトされたのなら、どう考えたってメインは彼だ。俺たちが奴を使いこなして、クラブの経営なんかできると思うか？」

「思わ……ない……」

「そういうことだ。この話は、あまりに胡散臭すぎる」

「…………」

全員が、そこで黙りこんでしまった。相手の申し出を百パーセント鵜呑《うの》みにしていたわけではなかったが、それでも降ってわいたような幸運に良いところばかりを見ようとしていた感は否めない。

だが、涼の名前が出た途端、いきなり現実味が増してきて「そんなウマい話、あるわけない」という気持ちがようやく目覚めてきたようだ。特に、紺は涼にくっついて行動することが多いだけに、ホストとしての彼がどれくらいの価値を持っているかよくわかっていた。

「そっか……涼さん、俺には何も言ってくんなかったか……」

「紺には、ダブルでショックだよねぇ。大体、涼くんもどうして山吹にだけ話すのさ」

「し、知らんぞ、そんなことは。俺はただ……」

話の矛先が思いがけない方向に行ったので、山吹はたちまち挙動が怪しくなる。紺は恨みがましい目で見ているし、碧は逆に面白がっているようだ。藍はそんな彼らを交互に見つめ、最後に救いを求めるように大きな瞳をこちらへ向けてきた。

「あの……山吹兄さん」

「なんだ、藍。言ってみろ」

「それじゃ、今回の話は断るつもりなんだね？　信用できないってことでしょう？」

「ま、まぁそうだな。皆に異論がなければ、残念だがやはりここは……」

「もしかして、様子が変だったのはそのせいなんだ？　恋じゃなくて？」

「恋？　お、おまえ、何を言ってるんだっ」

唐突に飛び出した単語に、山吹のみならず紺や碧の表情までが一斉に固まる。だが、爆弾発言の自覚のない藍は、明らかに動揺している山吹へ尚も熱心に詰め寄った。

「だって、紺が言ってたんだよ。涼さんも、最近どこかおかしいんだって。ボーッとしてたり、急にスイッチ入ったみたいに張り切ったり。この頃の山吹兄さんとそっくりじゃない？」

「あいつが？」

「お店に遊びに来るのも、前みたいにしょっちゅうじゃなくなったし。だから……」

「──藍ちゃん。それ、妄想逞《たくま》しすぎだって」

藍のセリフを遮って、苦笑混じりの声がする。いつの間にか店に入ってきた涼が、驚く一同の視線をよそに遠慮のない足取りでズカズカとテーブルまで近づいてきた。

それにしても、今日の彼は一目で寝起きとわかる気の抜けようだ。ヴィンテージ風に仕上げた革の膝丈《ひざたけ》コートで取り繕ってはいるが、その下は適当な柄シャツとジーンズという具合で、髪の毛も後ろで無造作に束ねているもののすでにパラパラと乱れている。

「おまえ……」

だが、山吹の目にはそれがとてもしどけなく映った。実際、作り笑顔の中、涼の瞳だけが不機嫌で、そのバランスの悪さが微妙な彩をもたらしていたのだ。飾り気のない立ち姿が、ホストという肩書きを取り払った別の魅力を見せていた。

「こんばんは、山吹さん。相変わらず、鍵かってないんで勝手に入ったけど？」

「………」

「でも、まぁ今日はいいよな。タイムリーに、俺の名前も出ていたようだし。それから、紺。おまえ、自分ビジョンで余計な話してんじゃねぇよ。もう遊んでやんないぞ」

「ご……ごめん」

とりあえず素直に謝ったものの、紺の表情は複雑だ。自分の預かり知らぬところで兄と年上の友人との間に一体何があったのかと思うと、今すぐ問い詰めたい気持ちでいっぱいなのだろう。

しかし、まさか「路上でキスしました。それも二回」とは口が裂けても言えない。

そんなわけで、内面の動揺を悟られまいと苦労しながら山吹は引きつった笑みを返した。

「今日は、またずいぶんラフな格好だな。休みか？」

「ああ、まぁね。でも、ちょっとあんたたちに話があってさ。案の定、例のスポンサー問題でモメてたみたいだし……。多分、山吹さんは断る方向で話を進めてるんだろ？」

「当たり前だ。相手の正体もわからないで、取り引きができるか」

「……それだけじゃないくせに」

口許だけで意味深に笑い、涼はポツリと呟く。どういう意味だと訊き返そうとしたら、彼はテーブルに両手をついて、さっさと紺たちの方へ顔を向けてしまった。

「山吹さんは信用できないって言ってるけど、俺が保証する。少なくとも、金を出す相手は詐欺師とか怪しい人物じゃない。龍二があれこれ当たってるらしいから、まぁおっつけわかると思うけどね。それに……俺は、その場でスカウト蹴《け》ったから。金を積まれても他店へ移るつもりはないし、会員制じゃお客の選り好みをしないっていう、俺のホスト精神にも反するんで」

「嘘だろ。涼さんの顧客、太い人ばっかじゃん」

「紺、太いって……ちょっと失礼なんじゃ……」

「バカだな、藍。おまえだって、仮にもホストだろ。太いってのは、金持ちって意味だよ」

あっさりいなされて、藍は（あ、そうか）と今頃思い出したような顔をする。だが、『ラ・フォンティーヌ』は名称こそホストクラブだが、実態はあまりに通常の店とかけ離れているため、ホスト用語にしろ慣習にしろ、ズレまくっているのが実情だった。

「そりゃ同伴だのドンペリのプラチナ入れたりだの、何かと派手にしてくれる子は目立つけどさ。でも、店にはいろんなお客が来るんだから皆が金持ちとは限らないよ。俺だけ、指名料が飛び抜けて高いってわけでもないし」

「そうなんだ……」

「だから、とにかく俺は移らない。他のホストはどうだか知らないけど、俺以下のランクには間違いないから、あんたたちのやる気次第でちゃんと扱っていけると思うよ。ホストは顔でトップになるもんじゃないけど、でも本物のお坊っちゃまってのは希少価値だからね」

「本物のお坊っちゃま……」

「そうだろ、山吹さん？　それが、あんたらの最大にして唯一の売りじゃないか」

褒めてるんだか皮肉っているんだか微妙なセリフを吐き、涼はにっこりとこちらを振り返る。返事のしようもなくて山吹が戸惑っていると、彼はさっさと身体を起こして「じゃ、そういうことだから」と一方的に話を終わらせてしまった。

「ちょ、ちょっと涼さんっ。もう帰んのっ？」

慌てた紺が、引き止めようと腰を浮かしかける。だが、歩き出した涼は振り向きもせず、追うのを制するように右手を軽く上げただけだった。

涼が店を出ていった途端、碧が疲れ切ったように椅子に沈み込む。綺麗な顔を僅かにしかめ、彼はやれやれという口調で呟いた。

「あ~しんどかった。俺、ああいうのダメなんだよね。肩凝っちゃった」

「ああいうのって、どういう意味？」

「うん……あのね、藍。気がつかなかったかもしれないけど、さっきの涼くんめちゃめちゃピリピリしてたんだよ。お陰で、波動が重い重い。多分、ずいぶん緊張してたんだろうね」

「え……そんな風には全然……。いつもと同じ、陽気な顔してたのに」

「いや、俺も涼さんは変だったたって思うよ」

藍と碧の会話に、紺の重苦しい声音が割り込んでくる。

「そりゃあ、表面的にはいつもと変わりなかったけど。でも……」

「でも……なんだよ、紺？」

「涼さん、今日は碧の顔を一回も褒めなかった。てゆーか、眼中にもなかった……よな？」

「あ……」

ハッとして藍が碧に視線を戻すと、彼は笑顔で紺のセリフを肯定した。今まで、挨拶代わりのように「碧さん、綺麗だね」だの「今日も美人じゃん」だの軽口を叩いていたくせに、先ほどの涼は言いたいことだけ言ったらすぐに帰ってしまったのだ。彼が唯一視線を合わせていたのは山吹だけで、それも友好的とは言い難い少し突き離した眼差しだった。

「やっぱり……やっぱり、なんかあったんだろっ」

「紺……」

「言えよ、兄ちゃん。涼さんとホントはケンカでもしたんじゃないのかっ？　それとも、この前みたいにひどいこと言って、顰蹙《ひんしゅく》買ったりとかしたんじゃねぇのかよっ」

「バ、バカなことを……」

「とぼけんなっ。兄ちゃん、ずっと涼さんのこと目の敵《かたき》にしてたし、何かっていうと文句つけてたじゃないかっ。今更、本当は仲がいいんだとか白々しい嘘つくなよなっ」

「…………」

激しい勢いで責められて、山吹は思わず言葉をなくす。だが、次の瞬間やおら椅子から立ち上がると、何かに背中を押されたように外に向かって走り出した。突然の行動に紺は驚き、自分も兄の後を追って駆け出そうとしたが、その腕を碧が素早く引き止める。予想外に強い力に紺はたちまち勢いを失い、それでも弱々しく抵抗を試みた。

「み……碧、なんだよ、離せよ！」

「今更なのかもしれないよ？」

「え？」

「嫌だなぁ。自分で言ったセリフくらい、ちゃんと覚えてなくちゃ」

楽しそうに話す碧は、紺の腕を摑んだまま藍に向かって「ね？」と笑いかける。

「今更……本当は仲がいい……」

紺が呆然と漏らした一言に、藍が「そうだったんだぁ」と無邪気に同意した。

「なんなんだよ、あんた。ついてくんなよ」

「俺だって、別に好きで追いかけてるわけじゃないぞっ」

「へぇ、初耳だ。山吹さんは、嫌いな相手を追っかけるのが趣味か。なぁ、それってマゾなのかサドなのかわかんないよな？」

「ふざけるなっ」

大股《おおまた》で足早に歩きながら、二人は延々と言い合いを続けている。だが、街行く人々の視線を感じた山吹は、職場を兼ねている場所なのにそんな気合いの入っていない格好を晒《さら》してもいいのかと、他人事ながら涼のことが心配になってきた。当人はまったくお構いなしで両手をコートのポケットに突っ込んだままどんどん先を歩いていくが、行き先など決めていないのは明らかだ。その様子は、ひたすら山吹から遠ざかりたいと思っているようにしか見えなかった。

「……てことは、俺はサドの方か……」

「はぁ？　何わけのわかんないこと言ってるわけ？」

「いや、なんでもない。それよりさっきの話だが、おまえどうして……」

「どうして……って、俺がスカウト蹴ったのが嬉しくないの？」

「なんで、そういう展開になるんだ。俺は信用できない話だから、断ろうとしただけだぞ」

「本当にそうかなぁ」

意味ありげに呟いて、涼はようやく歩く速度を緩める。陽がすっかり短くなったせいで、彼の真上では一秒ごとに月の輪郭が鮮やかになっていった。

目覚め始めた歓楽街の喧噪《けんそう》をよそに、涼と山吹は重苦しい沈黙を引きずって歩き続ける。視界にネオンの光が突き刺さり、風俗の呼び込みアナウンスがけたたましく鼓膜を攻撃する中、山吹は不思議な安らぎを感じている自分に驚いていた。俗悪で喧《やかま》しくて欲望の吹き溜まりのような世界を、この世でもっとも嫌っていた人間と一緒にさまよっている。本当なら悪夢に近い状況のはずなのに、この心地好《よ》さはなんなのだろう。

ちらりと横目で涼を見ると、先刻よりはだいぶ機嫌が直ってきているようだ。瞳の険が取れてリラックスしているように感じるのは、彼がこの街を愛しているからかもしれない。

「十六の時にさ」

不意に、涼の唇が小さく動いた。

山吹は黙って話の先を待ち、ただ彼の隣を同じ歩幅で歩く。今、この曖昧《あいまい》な時間帯なら、どんな告白を聞いても受け止められそうな気がした。

「俺、初めてこの街へ来たんだよね。遅いデビューだけど、すげぇ居心地が良かった。他人には無関心なくせに、愛想だけは良くってさ。俺の性格とそっくりなんだ。だから、働くなら絶対ここにしようって決めて、それまで住み込みでやってた新聞配達の仕事を辞めてすぐに移って来た」

「住み込みって、おまえ家は……」

「母子家庭だったんだけど、母親が育てきれなくなっちゃって。しょうがないから、小学校の時に施設へ行ったんだ。そこで義務教育終わるまで生活して、高校やめた後はホスト一路だな。年をごまかして十七で最初のヘルプについて、それからは……店は何軒か変わったけど、向いてたみたいだよ、この仕事」

「………」

「嘘みたいに金が入るようになってさ、女の子とも遊び放題だし。見た目上等に産んでくれた母親には、マジで感謝だな。毎日楽しいから、不満なんて全然ない。いいマンションで暮らして、ワンシーズンで何百万も服やら靴やら時計やら貢がれて、ドンペリコールでバカ騒ぎして。あんたも、この間の晩うちに来たからわかるだろう？」

確かに、と山吹は頷いた。涼の口調は少しも楽しそうではなかったが、店で接客している彼は本当に生き生きとして魅力的だったと思う。涼目当ての客が争ってボトルを入れ、ヘルプのホストたちがバカをやって場を盛り上げる。その中で一人優雅な佇まいを見せる姿は、山吹に『格の違い』というものをまざまざと見せつけてくれた。

シャレード
カラオ
カラオケ

「まぁ……少なくとも、うちとはノリがまったく別だったな……」

「そっちが変わってるんだよ。ロイヤルファミリーじゃあるまいし、にっこり笑って座ってるだけで営業になるなんて俺たちには考えられない。前にも言っただろう？　あんたたちは、この街で一番のどん詰まり。それなのに飄々《ひょうひょう》として、真夜中の風通しがとてもいいって」

「涼……」

「だから、ちょっかいをかけたくなっちゃうんだ。別に、バカにしていたわけじゃない」

涼の声音が、そこで少し弱くなる。普段着の彼に相応しい、見栄や虚勢を取り払った声だ。横顔はいつもと変わらず女泣かせな感じだが、山吹が口づけた時の無防備な唇は、そのまま驚くほど素直な言葉を紡ぎ出していた。

ぐるりとブロックを一周したらさすがに気が済んだのか、涼はおもむろに立ち止まり、藍色に暮れていく空を切なそうに仰ぎ見る。そうして、アスファルトの真ん中で長いため息をつきながら、ゆっくりと山吹へ視線を移した。

「……わかってるんだ」

「え？」

「あんた、俺と働くの嫌だったんだろ。だから、スポンサーの件に乗り気じゃなかったんだよな？　俺、思ってたよ。スカウトの声が俺にもかかってるってわかったら、山吹さんは絶対に断るだろうなって。相手もバカだよなぁ。ホスト同士の確執なんてシャレになんないことも多いのに、見境なく声をかけるなんてさ」

「別に、そういうわけじゃない。俺は……」

「いいよ、嘘なんかつかなくても。……て言うか、今更だろ？」

「今更？」

「……俺たち、仲悪いんだし。あんた、俺のこと最初っから毛嫌いしてるもんな」

「そんな……そんなことはないぞ！」

涼の言うことは、何も間違っていない。間違ってなどいないはずなのに、山吹は懸命に否定しようとした。そんな自分がずいぶん滑稽《こっけい》に思えたが、言われた涼も激しく面食らっている。彼は一瞬大きく瞳を見開き、次いで狼狽えたように山吹から目を逸らした。

「そんなことないって……」

「いや、確かに初めはムシが好かなかった。おまえは生意気だし図々《ずうずう》しいし、煩《うるさ》くて出しゃばりで馴れ馴れしかったからな。でも……」

「なんだよ、それ。いいとこなしじゃん」

「でも――嫌いじゃない」

「え……」

「嫌ってはいない。それは本当だ。……どこまで信用してくれるか自信ないが」

我ながら不器用な物言いだとは思ったが、他に気の利いた言葉が何も浮かんでこない。涼と同じ職場になるのが嫌だったというのも、指摘通り本当の話だ。けれど、初めて「嫌いじゃない」と声に出してみた瞬間、山吹は（そうだったんだ）とようやく自覚した。

口では嫌いだとくり返していながら、いつも涼の存在を無視できなかった。藍や紺が無邪気になついている様子も、碧が容姿をちやほやされているのも、何もかもが気に入らなかった。でも、その理由は彼が疎ましかったからじゃない。涼の目に映る自分が、従兄弟たちより情けなく感じられたからだ。

山吹の衝撃的とも言える発言に、涼は先刻から呆然としている。どういう反応を返したらいいのかと、途方に暮れているようだ。山吹は少し笑って、心もち声のトーンを和《やわ》らげた。

「どうでもいいが、あんまりそういう顔をしないでくれ」

「ど……どんな顔だよ」

「どんなって……」

すかさず問い返されて、山吹はふと里帆から言われたセリフを思い出す。

なんだか、小学生みたいな顔をして。

そうか……と、納得のいく思いで呟いた。

きっと、あの時の自分は今の涼と同じだったのに違いない。思いもよらない展開に戸惑い、頭から相手のことが離れなくて。そんな不本意な状況から、必死で目を逸らそうとしていた。一度でも問題に正面から向き合ってしまうと、後戻りができなくなりそうで怖かった。

「あのさぁ」

長い沈黙に耐え切れなくなったのか、不服そうに涼が腕を組む。

「そうやって、いきなり黙んないでくれる？　顔は、俺の最大の財産なんだよ？」

「そんなことは、ないだろう」

「……どういう意味だよ」

「俺はおまえのへらへらした顔は嫌いだが、多分好きなところは別にある」

「…………」

褒められているのかけなされているのかわからず、涼はむっつりと黙り込んだ。何を言われても期待するものかと、その目が挑戦的に言っている。山吹は、また微笑んだ。

右手を、ゆっくりと彼へ伸ばしてみる。その気配に涼が気づき、僅かにまつ毛の先を震わせた。どこにという目的もないままに、ただ無性に相手の身体に触れてみたい。山吹を動かしているのは理屈ではなく、自分でも驚くほどの強い衝撃だった。

もう少しで指先が届く、という距離で。

突然、涼の表情がガラリと変わり、彼は素早く身体を引きながら明るく笑い出した。

「あ、そっか。もしかして、さっきの身の上話、本気にしたんだ？」

「え……」

「まいったなぁ。山吹さん、チョロすぎるって。あのさ、水商売やってる人間の身の上話なんて信用したらバカを見るよ？　ほんと、これだから育ちのいい人は困るんだよなぁ」

「おまえ……それじゃ、さっきの話は嘘だったのか？」

「当たり前だろ。女の子に受けがいいように、何パターンか用意してるんだって。その中じゃ一番捻りのない内容なんだけど、山吹さんには通用したな」

「なんだと……」

「怒った顔するってことは、やっぱり同情したんだ？　でも、いいよな。あんただって、この前言ってたじゃないか。俺に同情されるのが一番屈辱だって。これでおあいこだろ？」

信じられないような言葉を次々と聞かされ、山吹はサッと顔色を変える。行き先を失った指を急いで引き戻し、何か言い返さねばと思ったが言葉が何も出てこなかった。

そんな山吹の態度に業を煮やしたのか、涼はフイと横を向き「本当は、金が欲しかっただけさ」と吐き捨てるような調子で言った。

「とにかく、手っ取り早く金を稼ぎたかったんだ。……それだけだよ」

「…………」

「あんたたちだって、同じ穴のムジナだろう。楽して金を稼ごうと思ったから、あの店を始めたんじゃないのかよ。結局、いらぬ苦労までしょいこむことになってご苦労さんって感じだけど、俺の嘘を非難する資格なんかないと思うよ？」

「……おまえの言い分は、よくわかった」

声の震えをなんとか抑え、山吹は努めて冷静な顔を作る。本当は怒りではらわたが煮えくり返るほどだったが、相手にするだけ時間の無駄だと思った。

涼は、嘘とお愛想とまやかしの愛情で生きている人間だ。そんなことわかっていたはずなのに、うっかり手管《てくだ》に乗せられそうになってしまった。恐らく、それだけのことなのだ。

ほんの一瞬でも、優しい気持ちになるなんて一生の不覚だった。

「まぁまぁ、そんなに怖い顔することないじゃん。なんか、嫌なんだよな。こういうシリアスなノリって。だって、まだ宵の口だよ？　なんでもありってわけには……」

「おまえの言ってることはさっぱりわからないが、このところの悪夢からは目が覚めたよ」

「悪夢……って……」

「確かに、俺たちは金のためにホストをやっている。だが、海堂寺一族としての誇りまで失ったわけじゃない。そこが、おまえのような場末の輩《やから》とは違うところだ。開き直ってなんでもありという気持ちにはなれないし、騙して当然だの嘘で同情を引くだの、そんなさもしい真似などしない」

「…………」

「今までは口先だけだったが、今度は違う。いいか、二度とうちの店には顔を出すな。紺や藍にも関わらないでくれ。金輪際、おまえとは口をききたくない。顔を見るのもご免だ。何が同じ穴のムジナだ、ふざけるなっ！」

言うが早いか踵《きびす》を返し、山吹は無言で元来た道を大股で歩く。
今度こそ、という言葉が、何度も頭の中でくり返し響いていた。
今度こそ。
あんな軽薄なホスト野郎とは、絶対に縁を切ってやる。

3

翌日から、再び涼《りょう》はふっつりと店に現れなくなった。

十一月も下旬に差しかかり、街はクリスマスセールで一層賑《にぎ》やかになっている。噂《うわさ》では、涼の店でも内装が一足早くクリスマス仕様になったのだそうだ。稼ぎ時には違いないので、単に忙しくて顔を出せないだけなんじゃないかと山吹《やまぶき》は淋《さび》しがる藍《あい》たちに言ったが、真実がそこにないことは誰よりも自分がよく知っていた。

『二度とうちの店に顔を出すな。紺《こん》や藍にも関わらないでくれ』

怒りに任せて口走ったセリフだったが、涼が本気で受け止めたことに少なからず山吹は驚いている。どうしようもない嘘《うそ》つきで気まぐれで軽薄なあの男は、他人に怒鳴られたからといって自分の行動を変えたりなどしないと思っていた。現に、今まではどんなにこちらが憎まれ口を叩《たた》こうとどこ吹く風といった顔で、いけしゃあしゃあと遊びに来ていたのだから。

それにしても……と、ため息をつきながら心の中で呟《つぶや》いた。

あんな三文話を信用するなんて、やはり自分は分別ある大人としてどこか欠けているのかもしれない。涼が言ったように、彼が話した生い立ちに同情したわけではなかったのだが、あの場面で触れようとすればそう誤解されても仕方がないだろう。

そう、誤解――だったのだ。

山吹は、ただ純粋に涼へ触れたかった。触れて、その先どうするかまでは考えていなかったが、たとえ涼の身の上話が「本当はインドの王族の末っ子で、政略結婚を嫌って日本へ逃亡したんだけど、仕送りだけは毎月ちゃんと貰《もら》ってるんだ」なんていうものだったとしても、同じ衝動にかられただろう。その確信があったからこそ、涼の態度に腹が立ったのだ。

「……山吹？　山吹ってば」

「え？」

「どうしたのさ、またボーッとして。話があるって、皆を集めたのはそっちでしょう？」

「あ……ああ、悪かった。そうか、もう集まったのか」

「集まるも何も、同じ屋根の下なんだからさ。でも、龍二《りゅうじ》さんだけはまだだけど」

「いや、いいんだ。スポンサーの件の前に、話しておきたいことがあるから」

その言葉を聞いて、碧《みどり》が訝《いぶか》しむように目を細める。勘の鋭い彼は、前から山吹が「このままでいいのか」と悩んでいるのを知っていた。だから、自ら話したいことがあると言われてすぐにピンときたのだろう。口に出しては何も言わなかったが、代わりに意味深な微笑が口《くち》許《もと》に薄く刻まれた。

実際、碧の勘は当たっている。

山吹は、今日のミーティングで里帆《りほ》から引き抜きの話が来たことを皆に伝えるつもりだった。初めはスポンサーの件が片付いてからと思っていたのだが、龍二の調査も思いのほか時間がかかっていたし、里帆と約束した期限まではあと一週間を切っている。皆にわかってもらうためには、ある程度説得の時間も必要だろう。あれこれ考えると、そろそろタイムリミットなのだ。

碧に呼ばれて現実へ立ち返った山吹は、よし、と気合いを入れ直して部屋から出た。営業前の店内では、いつものように皆がテーブルを囲んで藍が用意したお茶を飲んでいる。けれど、その雰囲気は少し前までの呑気《のんき》なものとはまるで違ってしまっていた。

「……なんだよ、人のこと呼びつけておいて遅刻かよ」

姿を見せた山吹を見るなり、紺がふて腐れた声音《こわね》で嫌みを言う。藍が困ったような顔でマグカップから顔を上げ、ちらちらと険悪になっている兄弟を見比べた。涼が来なくなったのをきっかけに、紺は日々山吹へ怒りを募らせているのだ。今までは兄と自分は別と割り切っていたから良かったのだが、とうとう涼は紺とも遊ばなくなってしまったらしい。彼から誘いはかからないし、連絡もろくにつかなくなった。涼はもともと携帯を仕事とプライベート用に分けて三つ持っているのだが、プライベートの電源を切ってしまっているようだ。

それもこれも、兄がなにかしたからに違いない。

そんな前々からの疑惑が、ここにきて紺の中で爆発したのだった。

「まったく、やんなっちゃうよなぁ。兄ちゃんが〝午後から話がある〟って言うから、美雪《みゆき》さんと昼メシ食う約束延ばしてもらったんだぜ？　まぁ、話の内容なんか想像つくけどさ」

「紺……」

「わかってるよ。どうせ、また例のスポンサーだろ？　でも、涼さんは何も心配するなって言ってたじゃんか。あの人がそう言うなら、大丈夫なんじゃないの？　あ、兄ちゃんは涼さんのこと信用できないんだっけか。そんなら、しょうがないけどね」

「あ、あのさ！　ほら、代理人の人が来るのっていつだっけ？」

少しでも話題の方向を変えようと、わざとらしいほど明るく藍が口を挟む。そんな彼を安心させるように、碧が優しい口調で「明日だよ」と答えた。

「本当は先週来る予定だったんだけど、このところ俺たちの雰囲気って良くないでしょう？　だから、無理言って少し待ってもらったんだ。ただ、向こうもそろそろ痺《しび》れを切らしているみたいで、もうあんまり待てないとは言ってたけど」

「明日かぁ……」

「そういうわけで、いよいよ返事を決めないとね。龍二さんも間もなく来るって連絡があったから、今日こそ結論を出してしまおうよ。で、山吹の話っていうのは何？」

「お、俺か？」

いきなり会話を振られて、山吹は一瞬言葉に詰まる。突き刺さるような紺の視線や不安に曇《くも》った藍の顔を見ると、すぐには最初の一言が言えなかった。

だが、こうして迷っている間にも時間はどんどん過ぎていく。遠い将来のことを思えば、今ここで自分だけでも安定した収入を得ていた方が、どんなに心強いかしれなかった。それより何より、ホストなんて仕事は本当に向いていないのだ。涼とのやり取りを思い返す度《たび》、山吹の中ではその確信が高まっていくばかりだった。

「……こういう時に打ち明けるのは、だいぶ心苦しいんだが」

意を決して話し出した山吹に、一同はシンと黙り込む。いつになく深刻な様子を見て、ただごとではないと感じ取ったのだろう。拗《す》ねていた紺でさえ、文句も言わずに次のセリフを待った。

「実は、俺の顧客であるエステサロンの社長から、うちで仕事をしないかと誘われている」

「………………」

「彼女はあくまでビジネスとして、この話を持ちかけてきたんだ。新しくコスメの会社を立ち上げるので、そこを手伝ってくれないかと言っている。もちろん、それなりの待遇はしてくれるらしい。俺の前歴を知った上で、新会社で能力を生かしてほしいと言われた」

「それで……返事はもうしたの？」

驚くほど冷静に、碧がそう質問する。山吹は黙って首を振り、「これからだ」と言った。

「ちょうど同じ時期にスポンサーの話が持ち上がったんで、本当はそちらを片付けてからと思っていたんだが……。いつまでも相手を待たせられないし、店だってすぐに俺が抜けるわけにはいかないだろう？　だから、今日はいい機会だと……」

「いいって、何がどういう風にいいんだよ。俺たちを捨てるのに、いい機会ってわけ？」

噛《か》みつくような勢いで、紺が棘々《とげとげ》しく口を開く。突然のことに言葉がないのか、藍は沈鬱《ちんうつ》な表情のまま紺と山吹を見つめていた。

「兄ちゃん、ホント肝心な時にダメだよな。いくら学歴が高くても、人間としてどっか変なんじゃねぇの？　普通、もっと早くに言うもんだろっ」

「いや、だからそれは……」

「スポンサーの件がどうとか言ったって、実質何も自分で動いてないじゃんか。挙句《あげく》に、何かとアドバイスしてくれた涼さんにまで見放されちゃってさ、どうすんだよ、マジで！」

「………」

「何とか言えよっ。まさか、俺たちがもろ手を挙げて送り出してやるとでも思ったのか？　でも、もともとこの店を開こうって言い出したのは兄ちゃんなんだぞっ。俺たちを引きずり込んでおいて、自分だけウマい話があったからさっさと抜けようだなんて、そんなの卑怯《ひきょう》じゃないかっ！」

いっきにそこまでまくしたててから、紺は荒く息を弾ませる。四人の中で一番若く、唯一の十代である彼は、いつもパワフルで場を明るくする存在だった。浮世離れした藍に茶々を入れたり、摑《つか》み所のない碧と物怖《ものお》じせず付き合ったり、そんなことが安々とできたのも生来の真っ直《す》ぐな気質が皆に愛されたからだ。

だからこそ、紺から責められるのは辛《つら》かった。

言葉こそ違えども、彼のセリフは皆の気持ちを代弁したものだっただろうから。

「なんとか言えってば……兄ちゃん……」

悲痛な顔で沈黙を続ける山吹に、打って変わって弱々しく紺はすがりついてくる。

「なぁ、俺たちずっと四人で店をやってくんじゃないのかよ？　俺、そう思って涼さんにもいろいろ教わってきたんだぜ？　あの人が俺に一番ホストの素質があるっていうから、それなら俺が頑張ればもっと店も活気づくかなって……だから……」

「気の毒だけど、ずっと一緒ってわけにはいかないよ」

それまで口を閉じていた碧が、静かな声でそう言った。

「仮に山吹の引き抜きがなくても、いつかはバラバラになるんだから。それに、紺はまだ若いんだし、何も今の内からホストで生きていくって思い込まなくてもいいんだよ？」

「違う……俺はそんなんじゃ……」

「藍だってそうだよ。龍二さんと生きていくなら、そのために自分は何をすべきか、真面目《まじめ》に考えていかなくちゃ。自立って、そういうことでしょう？　借金のために始めたとはいえ、もちろん俺だって店に愛着はある。だけど、それに縛られて将来を台なしにするのはいけないことだよ」

「四人でずっと一緒って……そんなにいけないの？」

声を震わせながら、藍が尋ねる。彼は龍二から何度も「一緒に暮らそう」と言われているのだが、何も従兄弟《いとこ》たちの役に立っていないことを恥じて、ずっと断り続けているのだ。大きな屋敷で使用人にかしずかれ、およそ家族的なもののに縁のなかった藍は、四人での生活を何より大事に思っていた。その気持ちがわかるからこそ、龍二も待ってくれているのだった。

「僕には、碧の言うことがよくわからない……。山吹兄さんだって、いきなり引き抜きだなんてひどいよ。だって、紺が涼さんにスカウトされた時はあんなに怒ってたくせに！」

「あ、あれは冗談だったし、俺は涼とは合わないから……」

「違うよっ。本当に『ミネルヴァ』からスカウトされてたんだよ。紺は黙ってたけど、僕は知ってるんだ。涼さんに断ってるとこ、ちゃんと聞いてたんだからっ」

「藍……」

「紺がどれくらい涼さんを尊敬してるか、わかってるでしょう？　でも、紺は断ったんだよ。この店が好きだからって。最初はいつ逃げ出そうかって思ってたけど、山吹兄さんがホストやるって言い出してくれて今は良かったって。ホストの才能があるって涼さんに言われて、それなら自分でも皆の役に立てるからって、そう言ってたんだよ？」

必死で訴える藍の言葉に、山吹はもう何も言えなかった。紺は摑んでいた山吹のスーツを離し、俯《うつむ》いたままがっくりと椅子《いす》に座り込む。碧は瞳《ひとみ》の色を一層深めながら、重たく吐息を漏らした。

「スカウト……紺、そうだったのか……」

山吹は愕然《がくぜん》とその場に立ち尽くし、自分がいかに彼らのことを見ていなかったか、その事実を痛いほど思い知らされる。紺がどれだけ本気で店の将来を考えていたか、藍がどれだけ皆の気持ちを思いやっていたか。そして——冷たく聞こえる碧の言葉が、どれだけ彼らの未来を尊重して言われたものだったか。本当に、何一つわかってはいなかった。

「俺は……」

その先が、どうしても続かない。

自分の語る言葉が、これほど中身のないものとは思わなかった。

「俺……は……」

「ただいま」

引き戸を開ける音と一緒に、店内へ冷たい風が舞い込んでくる。瞬時に澱《よど》んだ空気が一掃され、全員がハッと声の方向を見た。藍が弾《はじ》かれたように走り出し、入ってきた龍二に力いっぱいしがみつく。

「龍二さん……龍二さんっ」

「どうした、藍？　なんかあったのか？　ケンカか？」

いきなりの行動に龍二は些《いささ》か戸惑ったようだったが、その手は温かく藍の髪を撫《な》でていた。

それも子どもをあやすようにではなく、指先から愛情が匂《にお》い立つような艶《なま》めかしい仕種《しぐさ》だ。いつ、どんな時であろうと彼にとって藍はただ可愛《かわい》がるだけの対象ではなく、絶対無二の恋人だという証拠だろう。

そんな二人を少し羨《うらや》ましく見ていたら、龍二の視線がふと山吹へ向けられた。

「山吹さん。遅くなったけど、わかったぜ。例のスポンサー」

「え……」

「苦労したよ。多分、よっぽど身元がバレたらまずいと思ったんだろうな。事務所が総ぐるみで協力してるもんで、ガードが固いったらありゃしねぇ」

「事務所？　事務所って……」

「ま、とりあえず座って話そうぜ？」

離れようとしない藍の肩をしっかりと抱き、龍二はさっさと手近のソファに腰かける。留守中に何があったのかしつこく問いただきないところは、彼の賢いところだった。恐らく、店の空気や藍の様子から、今聞き出しても無駄だとすぐに判断したのだろう。

長い脚を大儀そうに組み、龍二は山吹が座るのを待ってから口を開いた。

「まず、俺が何を報告しようとこれは真実だ。それだけ、先に言っておく」

「わざわざ念を押すってことは、信じがたい内容なんだね？」

「そうだよ、碧さん。さすがに、俺もちょっとばかり驚いたからな」

「で、なんなんだよ？　勿体《もったい》ぶってないで、早く教えてくれよ」

イライラと急《せ》かす紺を悠然と無視して、龍二は山吹の方へ視線を戻す。先刻のショックから抜け切れない山吹はまともに目を合わせる勇気が出なくて、反射的に下を向いてしまった。だが、テーブルの上に残された指が、鎮まらない動揺を表すかのように震え始める。きつく両手を組んでごまかしながら、龍二の報告を静かに待った。

「スポンサーの正体は――涼の母親だった」

龍二は一つ息をつくと、おもむろに本題を口にする。

それは、あまりに意表を突きすぎていて、容易には受け入れがたい真実だった。

「母親……って……」

「本当なんだよ、山吹さん。そして、恐らく涼もそれに気づいている。そのせいで、少し様子がおかしかったんだろう。なにせ、母親とはだいぶ前に縁が切れてるらしいからな」

「で、でも、おかしいじゃないか。それなら、何も身元まで隠さなくても……」

「それが、そうもいかない事情があったんだよ。涼の母親ってのが……女優なんだ」

「女優って……テレビとか映画とかに出てる、あの女優……？」

ようやく気持ちが落ち着いたのか、藍が小さな声で尋ねてくる。龍二は彼の頭をポンと優しく叩き、「まぁ、そうだな」と答えた。

「皆も知ってるだろ、遠山瑞穂《とおやまみずほ》だよ」

「遠山……瑞穂……」

その場にいた全員が、口々に同じ名前を反芻《はんすう》する。それぞれの脳裏で顔と名前が一致するのに、さほどの時間はかからなかった。

「と、遠山瑞穂って……露出は少ないけど、主演映画で客を呼べる数少ない女優の一人だよな？」

「先月、数年ぶりにドラマにゲスト出演したら、視聴率が四十パーセントだったよね」

「だけど、あの人って三十代前半くらいじゃねぇの？　確かなんかの雑誌で……」

「大人の女って感じなのに女性にも人気があって、清潔感のある美人だよ」

碧と紺が興奮してわぁわぁ言い合う中、山吹だけが何も言えずに黙り込む。だが、頭の中では先日涼から聞いた『嘘の身の上話』がぐるぐると回り続けていた。

「遠山瑞穂は、四十二歳だ。公式のプロフィールでは、三十四だけどな。それに、おまえら肝心なところを忘れてるだろ。彼女は独身で結婚歴はない。要するに、涼は非嫡出子ってわけだ」

「非嫡出子……涼さんが……」

「おまけに、隠し子ってわけか」

龍二の言葉に皆はただため息をつくばかりだ。

「涼さんが、遠山瑞穂の子どもだなんて……なんか信じらんねぇ……」

「紺、そりゃそうだよ。涼くんも綺麗《きれい》な顔はしてるけど、遠山瑞穂には全然似てないもん。まぁ、強《し》いてあげるならあの華やかな雰囲気くらいか……」

「でも、すげぇよな。日本で遠山瑞穂を知らない奴なんて、ほとんどいないんじゃねぇ？　だって、十年近くもずっとトップの人気を保ってるんだぜ？」

「だけど、縁は切れてるって言ったよね？」

「……まぁな。涼は小学校から施設育ちだし、実質母子として生活したことはほとんどないはずだ」

碧の質問に簡潔に答え、龍二は再び話し出した。

「今回の件は、涼に店を持たせたいと思った彼女が考えたことらしい。そこに、どうしてうちの店が巻き添え食ったのかはわからねぇけど、身元を隠していた以上涼にも内緒で事を運びたかったのは間違いないな。あいつはその場でスカウトを蹴《け》ったらしいが、まだ諦《あきら》めずに代理人が交渉中だ。そりゃ、そうだろう。向こうの本命は、涼なんだから」

「でも……涼さんは、相手がお母さんだって知ってたんでしょう？」

「そうだよ、藍。涼だって、バカじゃないってことさ。今頃現れて母親づらしようとしたって、無駄だって思ってるのかもしれないしな。そういうわけで、彼女に関しては所属事務所が全面的に鉄壁のガードで守ってるんだ。トップ女優が年齢詐称、隠し子発覚となれば大スキャンダルだろう。おまけに、息子は売れっ子ホストときてる」

「それは……どう考えてもヤバイかも」

あまりに現実離れしているせいか、碧が苦々しい笑みを浮かべる。

「年齢詐称はともかく、俳優だの歌舞伎役者だの男側に隠し子がいるのと、独身人気女優に非嫡出子でホストの息子ありってのじゃ、全然印象が違うからねぇ。しかも、龍二さんの説明によると、彼女って涼くんのこと捨ててるんでしょう？　ますますマズイよね」

「軽く言うなよ、碧っ。涼さん、可哀相《かわいそう》じゃないかっ」

すかさず半泣きの紺に叱《しか》られて、碧はしおらしく「ごめん」と謝った。

「でも、それならそれで、この間涼くんはどうして何も言わなかったのかな？　ほら、俺たちにスポンサーは詐欺師じゃない、大丈夫だからって言いに来たじゃない。あの時に、どうして……」

「――龍二。悪いが、涼のマンションを教えてくれないか？」

ずっと沈黙を守り通してきた山吹が、静かな決意を秘めて口を開く。紺が何か言いかけたが、いつになく厳しい兄の横顔にそのまま言葉を飲み込んだ。

「聞いてどうすんだよ、そんなこと。言っておくが、多分涼は無関係だぜ？」

「別に、あいつを責めに行くわけじゃない。ただ……確かめたいんだ」

「確かめる……？」

「そうだ。俺が見てきたどの顔があいつの真実なのか、あるいはまだ知らない顔を持っているのか。直接あの男に会って、きちんと確認したいんだ。それも、一刻も早く」

「………」

山吹の気迫に圧倒され、懐疑的だった龍二の表情が変わる。彼は、この街に流れてきた時期が涼とほとんど同じだった。そのため、腐れ縁のように付き合いが続いていたが、それでも本当の姿を知っているかと問われれば自信がない。それくらい、涼は徹底してホストの顔を貫いていた。

それなのに、山吹は違う涼を知りたいと言う。あれだけ嫌っている素振りを見せながら、自宅まで押しかけていこうというのだからよほどのことだ。理由まで詮索する気はさらさらなかったが、龍二には面食らう涼の様子が見えるようだった。

面白い、と素直に思う。あの人を食ったような飄々《ひょうひょう》とした男が、カタブツの元エリートの前で狼狽《うろた》えるところなんて、想像しただけでもかなり愉快ではないか。龍二は楽しそうに口許《くちもと》を緩め、ちらりと共犯者のような瞳で山吹を見た。

「いいんじゃねぇ？　会いに行ってこいよ」

「……すまないな」

その日初めての笑みを見せ、山吹はもう一度指を組み直す。

心を決めた瞬間から、震えは完全に止まっていた。

「いい加減しつこいんだよっ、早く帰ってくれっ」

一瞬自分に向かって言われたのかと思い、エレベーターから降りた山吹は驚いて足を止める。だが、怒鳴り声の後に聞こえてきたのは、まぎれもなく女性の声だった。

「でもね、涼くん。私は、これでも……」

「涼くんとか言うなっつってんだろっ。ほら、早く戻らないとまたマネージャーが来るぞ。俺、あのオッサン嫌いなんだよ。いつも、俺を値踏みするような目で見やがって」

「それは誤解よ。あのね、槙原《まきはら》さんは涼くんが役者やる気はないかって言ってるのよ。小劇団出身とかにしておけば、ホストの前歴も却《かえ》って売りになるって……」

「はぁ？　何寝ぼけたこと言ってんだっ。結局、値踏みしてんじゃねぇかっ」

「違うわよ。涼くんのこと褒めてたんだから。ホストなんかさせとくの、勿体ないって」

「ホスト……なんか？」

言ってはならないことを……と、思わず聞き耳を立てていた山吹はハラハラする。案の定、一拍の間が空いてから「帰れ！」と鋭い一喝が周囲に鳴り響いた。続いて乱暴にドアを閉める音がして、再び静寂《せいじゃく》が戻ってくる。それきり、話し声はシンと途絶えてしまった。

（なんだか、とんでもない時に来てしまったな……）

山吹の胸を後悔の念がよぎったが、ここまで来た以上もう後には引けない。龍二から住所を聞き出してから、山吹が涼のマンションを訪ねるまでにすでに二日が過ぎていた。その間、店にやってきた遠山瑞穂の代理人に断りの旨を告げ、山吹は残りの時間をひたすら紺との和解に費やしていたのだ。だが、彼は「涼の真実を確かめたい」という兄のセリフに別の意味でショックを受けたらしく、なかなか素直になってくれない。それでも、最終的には「必ず涼と友好関係を結ぶ」というのを条件に態度を軟化させてくれたのだった。

（一応、奴が起きる時間を見計らって来たんだが……）

午後遅めならと踏んでいたが、このまま会いにいっても涼の機嫌は最悪だろう。間の悪い時に……と山吹がほぞを噬《か》んでいたら、目の前に突然人影が差した。

「あ……」

「あら……」

ちょうど涼の部屋から死角になっていることもあり、向こうもエレベーター前に人がいるとは思わなかったようだ。互いの口から驚きの声が漏れ、山吹は心の中で「やっぱり……」と呟いた。

黒いサングラスをかけ、目深《まぶか》にフェルト地のクローシュを被《かぶ》ってはいるが、彼女は間違いなく遠山瑞穂だ。何も先入観がなければただの美女で済ませたかもしれないが、今ははっきりと本人だと確信が持てた。そうして、以前に山吹が涼と一緒のところを見かけたサングラスの美女も、やはり瑞穂だったことがわかった。

「……失礼」

山吹の視線に気まずいものを感じたのか、瑞穂はそそくさとエレベーターのボタンを押す。待機していた扉がすぐに開き、彼女は逃げるようにその中へ消えていった。

「美人だったな……」

遠目だった先日とは違い、今度は目の前で見ただけに、知らず感嘆の声が出てしまう。サングラス越しでもわかる憂いたっぷりの瞳と、そこはかと漂う凜《りん》とした色気。あれで、実年齢は四十代だというのだから驚きだ。里帆《りほ》といい瑞穂といい、女性の見た目にはもう騙《だま》されまい、と唐突に場違いな決心をする山吹だった。

気を取り直して一つ咳《せき》払いをし、次は自分の番かと胸で呟く。涼の部屋はワンフロアに四つしか作られていない内の一つで、独立して仕切られているエントランスの前に立っただけでも豪奢《ごうしゃ》な雰囲気が漂ってきた。山吹はふとかつてＮＹ勤務だった時に会社が用意してくれたエグゼクティブマンションを思い出し、知らず苦笑を浮かべてしまう。あれから二年もたっていないのに、自分の運命はなんとも奇妙な方向へ向かい出したものだ。

そう、当時の自分なら夢にも思わなかったのに違いない。

繁華街の端に建てられた真新しい高級マンションに、売れっ子ホストを訪ねていくなんて。

「……はい？」

呼び鈴を押すと、インターフォンの向こうから思った通り不機嫌な声が返ってくる。山吹はいくぶん緊張気味に、やたらかしこまって自分の名前を告げてみた。一分もたたない内にドアが開かれ、中から涼が面食らった顔つきで顔を出す。その刹那《せつな》の表情こそが、山吹が興味深いと感じた顔に他ならなかった。

涼しげな瞳が動揺のため大きく見開かれ、時折皮肉めいた微笑を刻む口許はその余裕すら失っているようだ。久しぶりに目にする美貌《びぼう》は相変わらず冴《さ》えていたが、夕暮れ前の曖昧《あいまい》な時間が過剰な色艶《いろつや》を淡く溶かしてしまっていた。

この表情を、山吹はどこかで見たことがある。

だが、思い出す前に涼が先に口を開いた。

「あんた、やっぱりおかしいよ」

「え？」

「自分から二度と関わるなって怒鳴っておいて、なんで俺に会いに来るわけ？」

「それは……確かにその通りだな……」

あんまりまともな意見を言われたので、妙に納得をしてしまう。山吹自身にだって、理路整然とした説明はとてもできないのだ。涼にしてみれば、どう対応したらいいのか困って当然だろう。

だが、山吹が素直に頷《うなず》いたため、そのまま回れ右で帰るとでも思ったようだ。少し慌てたようにドアから上半身を覗《のぞ》かせ、「……用事は？」と渋々訊《き》いてきた。

「わざわざ来たからには、なんか用があるんだろ」

「まぁ、そうだが……ところで、ひょっとしておまえ父親似か？」

「は？」

「こうやって眺めても、やっぱり遠山瑞穂には少しも似ていないじゃないか。もっとも、彼女が整形していなければの話だが……」

「ちょ、ちょっと待てよ。あんた、何の話をしてるわけ？」

あからさまに狼狽えながら、涼は柄にもなく上ずった声を出す。そんな彼に向かって山吹が挑戦的に笑って見せると、じきに観念したような長いため息が返ってきた。

「――わかった。上がれば」

「ありがとう」

諦めたように涼の身体《からだ》がのろのろと引っ込み、続いて山吹が中に滑り込む。後ろ手にドアを閉めた途端、外界の雑音が一切途切れた。

涼の住まいは、一人暮らしとしては充分すぎるほどの広さだったが、寝室とリビングが分かれているだけの大雑把《おおざっぱ》な間取りの１ＬＤＫだった。ずいぶん掃除が大変だろうと思ったが、通されたリビングの床にはチリ一つなく、まるでモデルハウスのように生活感が欠けている。

女の子とか連れ込んだりはしないのだろうか……と不思議に思っていたら、愛想のない声がかけられた。

「なんか飲む？　水とアルコールしかないけど」

「いや、大丈夫だ。それより、ずいぶん綺麗に暮らしてるんだな」

「あんまり物がないし、週一でクリーニングしてもらってるからね。まぁ、寝室はここよか汚いけど。なんだよ、興味あるんだ？　寝室も見る？」

つっけんどんな物言いで、涼がキッチンから戻ってくる。今日は髪こそ結んでいなかったが、この間フラリと店へ来た時のように、シンプルなからし色の長袖シャツとウールのパンツという極めて部屋着に近い寛《くつろ》いだ格好をしていた。

「立ってないで、好きなとこ座れば。今更、こんな部屋見たところで気後れする人じゃないでしょうが。多分、あんたの生まれ育った屋敷の方が何倍も贅沢《ぜいたく》な造りだったろうし」

しゃべりながらイタリア製の白いソファに座り、手にしたミネラルウォーターのボトルに口をつける。無機質な空間にやたらとハマる、どこか投げやりな仕種《しぐさ》だった。これは、内心かなりふて腐れているんだな、と山吹は悟り、どうして自分に突っ掛かる奴はいつもふて腐れた態度を取るのだろうと、紺の顔を思い浮かべながら考えた。

「なんだよ、黙っちゃって。用事があるから来たんだろ？　山吹さん、ほんと変だよな」

「変？　俺が？」

「行動が矛盾だらけ。もしあんたが女だったら、もう少しわかりやすいんだけど」

「どうしてだ？」

「だって、理屈の通らないことをする理由なんて、普通は一つしかないじゃん」

ボトルを床に置いた涼は、傍らに立つ山吹を皮肉めいた微笑で見上げる。

「でも、あんたは男だからね。女と同じ推理は成り立たない。だから、俺も困ってるわけ」

「…………」

「……龍二だろ。俺の母親が、遠山瑞穂だって話したの。あいつなら、いずれ調べあげると思ってたけど。まぁ、意外な真実って奴かな。山吹さんが言った通り、本当に俺たち似てないからね」

涼は話しながら目線を移すと、壁にかかった額入りの映画ポスターに向き直った。彼の趣味なのか単なるインテリアなのかは不明だが、その映画は山吹も観た記憶がある。月の満ち欠けに自分の存在をなぞらえた、初恋の相手のために少女のまま時を止めてしまったある娼婦《しょうふ》の恋物語だ。はたして涼は、この映画の内容を知っているのだろうか。

「どうして、嘘なんか言ったんだ？」

気がつけば、山吹はそんな言葉を口にしていた。

「この間おまえがした話は、本当だったんじゃないか。母親が育て切れなくなって、施設におまえを預けたって。十七でホストを始めてから、ずっと一人で生きてきたんだろう？」

「そうだよ」

「じゃあ、どうして……」

「決まってる。山吹さんに、優しくされたくなかったんだよ」

「え……」

「あんた、あの時俺に手を伸ばしただろう？　俺、本当のこと言うと、あのままジッとしていようと思ってたんだ。でも、やっぱり嫌だった。同情なんかで、触られたくない。そんなの、プライドが許さない」

「涼……」

きっぱりと言い切った声音は決して強がりではなく、今まで一人で生きてきた自負と誇りに満ちている。涼の本音を初めて耳にした山吹は、自分が感動していることに気づいて赤くなった。

同情なんかで、触られたくない。

そんなの、プライドが許さない。

誰にでも言えるセリフのようだが、はたして世の中の何人がこの言葉に相応《ふさわ》しい生き方をしているだろう。涼は紛れもなくその一人で、しかも滅多《めった》に本音は口にしない人間だ。たとえ自分を拒絶する言葉であっても、山吹は感銘を受けずにはいられなかった。

「迷惑かけて悪かったけど、あの人にはきつく言っておいた。もう二度と余計なことはしないと思うよ。混乱させて本当にごめんって、藍ちゃんや碧さん……あと紺にも謝っておいて」

「俺に頼まなくても、自分で直接言ったらいいだろう。特に紺なんか、俺がおまえを怒らせたから遊んでもらえなくなったって、えらい剣幕なんだぞ。お陰で、毎日兄弟ゲンカだ」

「へぇ……いいな、兄弟ゲンカか。そういうの、上流階級の家でもするんだなぁ」

「あの家だからさ。昔の屋敷にいた頃は、ろくに顔も合わせなかった。紺とは年も離れているし、あいつは一族の中でも変わり者で、堅苦しい生活をひどく嫌っていたからな」

「なるほど。堅苦しいお兄様も、ついでに苦手だったってわけだ」

涼の軽口に口許をほころばせ、確かにそうなんだろうな、と思った。今でも特別仲がいいとは言えないし、紺は涼に、自分はどちらかというと藍に意識を傾けることの方が多いが、それでも明らかに兄弟の距離は縮まっている。環境の変化か、あるいは自分が変わったせいなのか、今度紺に訊《き》いてみようか……などとちらりと考えた。

いい加減立ちっ放しなのも疲れたので、涼の隣へ腰を下ろす。隣といってもソファ自体がコの字型になっている八人がけのため、彼との距離は生憎《あいにく》縮まったとは言えなかった。

「山吹さん、本当に何しに来たんだよ？」

「何しにと言われると……」

「当ててやろうか。スポンサーが俺の母親だって知って、何か裏があるんじゃないかと思ったんだろ？　だから、あんな捨てゼリフ残しときながら、図々《ずうずう》しく俺に会いに来たんじゃないの？」

「ず、図々しかったか……それは、悪かったな」

はっきり言われた方が、なんとなくこちらも謝りやすい。そのせいか、山吹は驚くほど素直に謝罪の言葉を口にしていた。第一、涼の言うことは何も間違ってはいないのだ。山吹だって、自分が涼にどんな罵倒《ばとう》を浴びせたのか忘れてしまったわけではない。ただ、たとえ門前払いを食うような結果になったとしても、どうしても彼に会わなければと思った。

そんな理屈の通らない行為に、理由なんて本当にあるのだろうか。

先ほど涼の言った「普通は一つしかない」の「普通」がなんなのか、山吹は知りたかった。

「なんだか、気味が悪いな。山吹さん、頭でも打ったんじゃないの？」

「なんだ、その言い草は。人がせっかく謝ってるのに」

揶揄《やゆ》するような態度にムッとしていると、涼は声をワントーン落として言った。

「……今更な話なんだけど、本当に最初は俺も知らなかったんだよ」

「え……」

「だから、今回のこと。いや、母親が遠山瑞穂なのはわかってたし、施設に預けられてた時も年に数回は会いに来てたからね。まぁ、初めの何年かだけで、後は人気が出たんでマスコミを怖《おそ》れて来られなくなっちゃったんだけど。その代わり小遣いはたっぷり送金してくれたし、中学を出たら一人で暮らせるようにマンションも用意してくれるって言ってたんだ」

「…………」

「マンションは断ったけど、別に何も不満なんかなかった。親の目がなくて自由だし、バイトだって苦じゃなかったし。だけど、嫌でもテレビや雑誌であの人の顔を見せられるだろ。だから……忘れる自由だけは与えてもらえなかった。それが唯一の汚点だな」

母親の話を「汚点」と語る涼に、なんとも言えない複雑な気分になる。両親に捨てられたという点では自分たちも似たようなものなのだが、もう自立した大人になっていたし、何より励まし合う身内が三人もいた。それがどんなに大きな差であるか、山吹にはよくわかる。

「一つ、誤解しないでほしいんだけど」

痛ましげな眼差《まなざ》しにカチンときたのか、涼が少し怒ったように言った。

「もしかして、さっき彼女に会ったんだろ？　それなら、山吹さんにもわかるよな？」

「わかるって……何が……」

「あの人、すっげぇ無邪気なんだよ。普通、自分が女優を目指すために子どもを施設に預けたりしたら、罪悪感でその子に顔向けできないもんじゃない？　でも、違うんだよね。俺が何回拒否しても、めげずにせっせと会いに来る。しかも、悲愴《ひそう》感の欠片《かけら》もなしでさ」

「う……まぁ、それは……」

「そういう顔するってことは、やっぱり会ったんだね。俺、思うんだけど、あれくらい突き抜けたとこがないと第一線で長年女優なんてやってられないのかもなぁ。事務所での発言権が大きくなるにつれて、俺に会いたいとか騒ぎだしちゃってさ。でも、肝心の息子は中学出たら繁華街に出てしまいにはホストになっちゃっただろ。しばらく行方《ゆくえ》を探してたみたいだけど、見つけた頃にはもう売れっ子になってて、金の心配もなくなってたと」

当時の記憶が蘇《よみがえ》ったのか、小気味よさそうに涼は笑う。再会がいつ頃かはわからないが、山吹にも充分にその場面を想像することはできた。多分、先刻とさほど変わらないやり取りをした挙句、最終的には涼から「帰れ！」と怒鳴られてすごすご戻ったに違いない。

「だからさ、俺も昔のことで彼女を恨んでたりするわけじゃないんだよ。ただ、血は繋《つな》がっていてもずっと他人同然に生きてきたんだし、余裕が出てきたから家族ごっこしましょうってノリは……」

「涼……」

「そういうのは、ちょっと……」

不意に語尾が震え、涼は唐突にそこで言葉を止めた。しゃべりすぎた自分にウンザリしたのか、続けて深々とため息をつく。そうして、山吹の視線を避けるように右手で顔を隠すと、手のひらの陰から「……まいった」と低く呟いた。

それきり沈黙が降りてきて、しばらくどちらも口を閉じる。山吹は見るともなしに室内を見回してみたが、ホームパーティでも開けそうな広いテラスから、柿色に染まった光がカーテン越しに差し込んでいるのに気がついた。

あと数時間もすれば、いつもの夜がやってくる。飾り立てた涼に女性が群がり、シャンパンと札束と嬌声《きょうせい》が世界を支配するのだ。その時間をできるだけ遠ざけたくて、山吹は再び口を開いた。

「そういえば、皆とも話していたんだが……一つだけわからないことがあるんだ」

「……何？」

「遠山瑞穂が面倒な代理人を立ててまでスポンサーの名乗りをあげたのは、おまえに店を持たせたかったからだろう？　自分の名前を表に出したら息子は今までのように拒否するだろうし、どこでマスコミが嗅《か》ぎつけるかもわからない。そこまではいいんだ。ただ、どうしてうちにまで声をかけたんだ？　おまけにずいぶんな好条件で、メインはこちらとでもいう感じだった。あれは……」

「その方が、俺を引っ張れると思ったんだよ」

「おまえを？　俺たちで？」

意外な返事に山吹は戸惑い、どういうことかと考えを巡らせる。涼は少し落ち着いたらしく、唇の片側を上げると自嘲《じちょう》気味な笑みを零した。

「俺が仕事抜きで話をする相手なんて、あんたたちしかいないってことさ」

「…………」

「そういうの調べたんだろうな。で、『ラ・フォンティーヌ』の面々をエサにして、俺をその気にさせようとしたってわけ。バカだよな。そんなの逆効果なのに」

「逆効果？　何故《なぜ》だ？」

「何故って……」

山吹の問いを、涼は持て余したような顔で反芻する。それから、先刻ドアを開いた時と同じ表情を見せながら、覚悟を決めたように先を続けた。

「何故って、あんたが……」

「俺が？」

「嫌がるだろうと……思ったから」

言うなり、涼の顔が悔しさに歪《ゆが》む。だが、山吹にはさっぱり意味がわからなかった。どうして、涼はそこまで自分の機嫌を気にするのだろう。普段は何を言われても平気そうだし、どこ吹く風といった態度しか取らないのに、山吹が嫌がるという理由だけでスカウトを蹴《け》るとは理解しがたい。もちろん、母親が出資者だとわかれば断る話だったのだろうが、それにしても「逆効果」とまで言うからには、相当気にしていると解釈してもよさそうだ。

「……なんだよ、小難しい顔をして」

山吹があれこれ考えている姿を見て、涼は決まりが悪そうに悪態をつく。

「笑いたければ、無理しないで笑えばいいだろ。どうせ、柄でもないって思ってるくせに」

「いや……理屈の通らない行動……か……」

「え？」

「どうやら、俺たちはお互いのこととなると、いきなり理屈が通じなくなるらしいな」

「お互い……」

「だって、そうだろう？　なんだか、不思議だな」

「…………」

「不思議じゃないのか？」

あんまり涼が呆《ほう》けた顔をしているので、山吹は重ねて問いかけてみた。

「そうだな……すごく不思議だよ」

やがて、すっかり毒気を抜かれた様子で涼が頷く。

そうして。

スルリと封印の糸が解《と》かれるように、涼の微笑がゆっくりと山吹の瞳を占領していった。

「なあ、山吹さん」

「なんだ？」

「眼鏡、取っちゃえば？」

「……いきなりだな」

「だって邪魔だろう、いろいろと。それに、考えてみれば山吹さんの素顔、俺一度も見たことがないいんだよな。いい機会だから、見せてくれよ」

しなやかな指先がこめかみに触れ、そっと眼鏡《めがね》を外していく。すぐ目の前に涼の顔が迫っているのに不自然な気がしないのは、輪郭がボンヤリと揺れているからだろうか。

取り上げた眼鏡をテーブルに置き、改めて涼が近づいてきた。つられて山吹の上半身がソファの上に倒れ込み、起き上がる隙《すき》を与えずに涼が伸《の》し掛かってくる。一連の動きがあんまり見事だったので、山吹は事態を把握する前に思わず感心してしまった。

「思った通りだ。山吹さん、眼鏡外すと更に男前だね」

「おまえは、なんでそう機嫌がいいんだ。さっきまでとえらく違うぞ」

「そりゃ、そうだよ。わかってんの？　俺、今あんたを押し倒してるんだよ？」

涼の右脚が膝を割って入ってきたため、遅まきながらようやく意図を理解した山吹は、反射的に身を起こそうとする。まだ賭《か》けに勝ってもいないのに、涼は自分と寝るつもりでいるのだろうか。動転する山吹を少し驚いたように見返し、「まさか、プロレスの技でもかけられるつもりでいたわけ？」と涼が真面目な顔で尋ねてきた。

「なんだ、山吹さんにしては反応がおとなしいと思ったんだ。そっか……」

「ちょっと……ちょっと待て。おまえ、確か女役のはずだろう？　この状況は……」

「ああ、別にいいよ。山吹さんがしたい方で。ていうか……するの、俺たち？」

「…………」

自分で押し倒しておいて、「するの？」も何もないものだ。山吹が呆《あき》れて物も言えずにいると、涼はしばし腕を組んで何事か考え始めた。山吹は中途半端に上半身を起こしているのに疲れ、半分投げやりな気持ちで再び横たわる。自分の上で悩むのはやめてほしいと訴えたかったが、何がきっかけでスイッチが入るかわからなかったので何も言えなかった。

ただ、鈍い山吹にもこれだけはわかる。

恐らく、涼の中でこれまで懸命に取り繕っていたものが何かのきっかけで突然壊れたのだ。あるいは、自棄《やけ》になったと言い換えてもいい。張り詰めていた緊張が切れたように、山吹へ迫る涼の表情からは見慣れた夜の顔はすっかり抜け落ちていた。

「……山吹さん」

やがて、ポツリと涼が声をかけてくる。山吹の胸にそっと両手を置き、彼は前屈《まえかが》みになりながら、息がかかるほど顔を近づけてきた。

「あんたが、今日会いに来てくれて嬉《うれ》しかったよ」

「涼……」

「本当に、もう二度と関わらない方がいいと思ったんだ。俺はあんたを怒らせてばかりだし、それが楽しくもあったけど、本気で疎まれたらさすがに辛いからね」

「それは、おまえがくだらない嘘をだな……」

「それじゃ、嘘じゃなかったってわかったから来てくれたのか。優しいね。なぁ、あんたと初めて会った時、俺の目には山吹さんがずいぶんいい男に見えたんだよ？　俺、友達いないし、男に興味なんか持ったことないから、どう付き合っていいかわからなかったけどさ。せいぜい、怒らせて反応見るくらいしか……情けないね。まるでガキみたいだろう？」

そう言って淋しく笑う涼は、山吹が見たかった真実を語る顔をしていた。たとえ後からどんなに嘘だと言い張ろうと、今の告白はきっと本物だ。涼に対して初めて確信めいたものを摑めた山吹は、自分でも戸惑うくらいとても嬉しかった。

相手の瞳を覗き込んでいると、この前と同じ衝動が山吹を包む。

ただ、ひたすら涼に触れていたい。

彼の体温を、自分と同じ温度にしたい。

交わる視線の熱さが消えない内にと無意識に両腕を伸ばし、涼の身体を引き寄せた。

「山吹さん……」

腕の中で涼が深くため息をつき、ギュッときつく抱きしめ返してくる。それはまるで見捨てられた子どもの仕種そのもので、そのくせ甘い艶かしさを併せ持っていた。

「山吹さん……」

くり返す声音は艶《つや》っぽく響き、彼の重みが心地好く山吹の理性を崩《くず》していく。そっと離れて見つめ返すその顔に、今まで気がつかなかった彩を見つけてしまった山吹は、考えるよりも先に涼の唇を貪《むさぼ》るように奪っていた。

「……う……ん……」

素直に口づけを受けながら小さく喉《のど》を鳴らす仕種が愛《いと》しくて、山吹は何度もキスをくり返す。涼の唇は擦《こす》れる度に熱を帯びていき、漏らす吐息は愛しく濡《ぬ》れて周囲に散った。

舌を絡めて誘ってくる仕種も、微《かす》かなぎこちなさが余計に胸に迫る。こちらから促す前に自ら服を脱ぎ捨て、進んで山吹のスーツに手をかける行為も、真っ直ぐな情熱をぶつけられているようで快感がぞくぞくと山吹の身を震わせた。

「おまえ……男は……」

「当然だろ。……初めてだよ」

「…………」

迷いのない言葉を返され、却ってこちらが絶句してしまう。だが、涼が本気で自分と寝る気だとわかったら、気持ちは引くどころかむしろ情熱に弾みがついてしまった。

「あんたが逃げないなら、このまま続けるからな」

強気なセリフとは裏腹に、涼の表情はあまりに不安定だ。何かきっかけがあれば崩れてしまいそうな切羽詰まったものを感じ、山吹はひどく胸が痛んだ。

「……いいのかよ、山吹さん？」

「いいも何も、こんな状態で逃げられないだろう。卑怯なことを言うな」

「嫌だって言えば、俺は上からどくよ？」

「そういうセリフは、女の子相手だけにしておいてくれ」

組み敷かれて犯すというのなら抵抗もするが、涼は「あんたの好きにしろ」と言っている。しかも、こんなに張り詰めた瞳で言われては、とりあえず理由は身体に訊くしか術《すべ》がない。山吹の心を読んだかのように、服を脱いだ涼が静かに身体を傾けてきた。

「ん……」

上気した肌が直接触れ合うと、それだけでどちらからともなくため息が出る。

やがて涼が山吹の耳たぶを甘く噛み、舌先でねぶるように愛撫《あいぶ》を始めた。山吹は軽い目眩《めまい》を覚えながら、涼の浮き出た肩甲骨から腰までを指先で丹念に確かめていく。触れた先からしなる身体は弾力に富み、快感の中でどんなに綺麗なラインを描くのか、想像しただけで胸が高鳴った。

「……ああ……あっ……」

体勢を変えて涼を組み敷くと、山吹はためらいもせず彼の敏感な部分に指先を這《は》わせる。その途端、溢《あふ》れる声を抑えるためか、涼は懸命に右手の甲で顔を隠そうとした。中指を噛んで喘《あえ》ぎを堪《こら》え、それでも零《こぼ》れる音色が淫《みだ》らに震えている。熱く脈打つその場所を無防備に山吹へ預け、素直に身体を開こうとする彼がたまらなく愛しかった。

「涼……大丈夫か……?」

「なに……が……」

「そんなに噛んだら、指が腫《は》れるぞ……?」

「余計な……お世話……っ……ぁあっ」

愛撫の手を休めずに甘く口づけると、勝ち気な彼がうっすらと微笑《ほほえ》むのがわかる。波のようにうねる快感にその身を翻弄《ほんろう》されながら、涼は山吹の肩に軽く歯を当てた。その刺激が新たな呼び水となり、山吹を大胆な行為へと追い込んでいく。擦れる肌が湿り気を帯び、山吹の手の中で涼自身の欲望もはっきりとした形を取り始めた。

「あ……ぅ……ああ……」

荒く弾む呼吸の下から悪戯《いたずら》な指が山吹の中心を捕らえ、同じ刺激でその場所を愛撫する。そうして互いを煽《あお》りながら、二人は同時に高みへと駆け上った。

乱れる息の合間をぬって、何度も何度もキスを交わす。

薄く汗ばんだ肌にも唇を寄せ、山吹は再び目覚めた欲望を改めて涼へと伝えてみた。

「ちゃんと……抱けるのかよ？　俺のこと？」

潤《うる》んだ身体はまだ熱が冷めず、涼は微かに笑ってそれを受け入れる。

触れ合うだけではなく、きちんと一つになることはさすがに容易ではなかったが、それでも山吹がしっかりと涼の中へ呑《の》み込まれると、それまでとは異なる快感が互いの身体を指先まで支配した。

背中に回された手が離れるまで、山吹は律動の中で涼を翻弄し続ける。

すでに声を殺すことも叶《かな》わなくなった彼は、切なく掠《かす》れた息遣いで幾度も山吹の肌を濡らしていった。
時間も場所も互いの名前すら、抱き合う内に意味をなさなくなる。
そんな中で変わらず残っていたものは、やっぱり涼へ触れたいというその願いだけだ。
けれど、その感情に名前が付いていることを、まだこの時の山吹は知らなかった。

4

とうとう、自分はやってしまった。

二十七年間生きてきて、不倫と犯罪には一度も手を染めずにいたが、これからはそれも自信がない。自分の中で「ありえない」と思い込んでいたハードルを越えてしまった以上、山吹はもう何を信じていけばいいのかわからなくなってしまった。

涼と寝た日から二日間、山吹はすっかり魂の抜けた顔で生活をしている。里帆への返事は明後日《あさって》に迫っていたが、まだ完全に皆の理解を得られてはいない状態だ。だが、ふと気がつけば頭の中は涼のことばかりで、とてもきちんと説得ができるとは思えなかった。

しっかりしろ、と何度も自分を叱咤《しった》する。

山吹は、ずっと仕事に生き甲斐《がい》を求めてきた。その気持ちは今も変わらないし、大人の男として無責任な真似だけはすまい、と襟《えり》を正して生きてきたつもりだ。だからこそ、本意でないホスト業に限界を感じ、借金を完済した現在なら別の道を模索してもいいんじゃないかと悩んでいた。

そこへ、降ってわいたような引き抜き話だ。里帆の仕事には興味があったし、何より能力を見込まれたのが嬉しかった。彼女のお陰で、失いかけていた自信が取り戻せそうに思えた。

（それが……いつの間にこんなことになったんだか……）

久しぶりに冬空に晴れ間が見える昼下がり、焼けた畳の上に寝転がって、山吹はジッと天井を見つめている。裸電球の揺れるうらぶれた光景がいつしか涼の瀟洒《しょうしゃ》なマンションへ変わり、ぞくりとくるほど艶っぽかった彼の声が耳元で何度も蘇った。

（本当に、あんな声……どうやったら出せるんだ）

真夜中の軽口とはまるきり別人の、少し掠れた切なげな音色。山吹の唇が肌をさまよう度に、必死で溢れる声を堪える様がとても愛しかった。理性をかなり飛ばしていたとはいえ、山吹はどの瞬間の涼もはっきりと覚えている。そうして、瞼《まぶた》の裏には一層鮮やかになった、自分しか知らない涼の顔が次々と刻まれていくのだった。

（ダメだ、いい加減、頭を切り替えろっ。水でも飲んで、少し落ち着かなければ……）

キリのない妄想に嫌気が差して、唐突に山吹は起き上がる。いい年をした男が平日の午後に家の中で不埒《ふらち》な思い出に浸るとは、いくらなんでも情けなさすぎる。それなら、日頃の藍を見習って店の掃除でもした方がよほど健全だ。

そうだ。これ以上自分に愛想を尽かさない内に、なんとか涼の呪縛《じゅばく》から逃れなければ。

唐突にそんな決心を固めた時、不意に頭上から声がかけられた。

「……山吹。俺、ちょっと出かけてくるけど？」

「な、なんだ碧か……。びっくりしたな、いつからいたんだ」

「いつからって、ずっと台所にいたよ。朝食の後片付けしてたからね。綺麗にしておかないと、後で龍二さんがうるさいんだ。あの人、大雑把な見た目の割にきちんとしてるからさ」

戸惑う山吹にお構いなしで、遠慮なく碧が部屋に入ってくる。押し入れの上段を改造したワードロープを開き、ほんの少し考えた後で彼はハイネックのカシミアのセーターとクラシックなスタイルのエルメスのハーフコートを選び出した。

「そういえば、他の皆はどうしたんだ？　ずいぶん静かじゃないか」

「藍は龍二さんとデート。紺は、涼くんと会ってるんじゃないかな。彼、大検合格者なんだってね。だから、いろいろと話を聞いてるみたいだよ。試験はずっと先なのに、頑張ってるよね」

「そうか……涼と……」

「山吹はどうするのさ？　どこにも出かけないの？　例の女社長は？」

着替えながら無邪気に問い返す碧へ、山吹はふっと苦笑を漏らす。引き抜きの件で紺に責められてからというもの、今まであえて誰もその話題を口にしてこなかった。恐らく彼らの中でまだ整理しきれていない問題だからだろうし、それより何より肝心の山吹が心ここにあらずといった様子だったので、訊きそびれていたという方が正しいだろう。

だが、今の碧の一言で山吹はようやく現実に立ち返った。

これ以上悩もうが悩むまいが、時間は確実に過ぎていっている。それなのに、先日思い知らされたように、自分は全てが中途半端なまま何一つ変わってはいないのだ。

「……碧。おまえがこの間言ったように、俺たちがいつまでも一緒にこの店を続けていくなんて甘い考えにすぎないんだろうか」

「ええ？　よその会社に移ろうって人が、今更何を言ってるんだよ」

決して嫌みではなく、むしろ優しい声音で碧は答えた。

「前に言ったでしょ。辞める時は、俺にちゃんと相談してって。俺、山吹がホスト業に疑問を抱《いだ》いてるの知ってたからね。早晩、行き詰まるとは思ってたんだ。だけど、俺のセリフなんか忘れていきなり皆の前で爆弾宣言しちゃうし……。何度でも言うけど、君は本当にバカだよ」

「………………」

「事前に言ってくれれば、守ってあげられたのにさ。多感な紺の神経、逆撫でしてくれちゃって。それでなくても、涼くんが山吹を気に入ってるせいで、紺は面白くないんだから」

「き、気に入ってるだとっ？　冗談だろう、むしろ……」

「――山吹」

優雅で柔らかだが、碧の一声は相手を黙らせるに充分な迫力に満ちている。黒いコートを羽織った彼は、柱にかけた曇った鏡で髪を整えながら言った。

「そういうごまかし、もうやめようよ。飽きた」

「碧……」

「藍のセリフ、覚えてるでしょう。あの子は、俺たち四人の中で一番強くて賢いからね。物事の本質を、生まれたての子どもみたいにありのまま見つめてる。だから、山吹も認めなくちゃ」

「認めるって……何を……」

「〝様子が変だったのは、恋のせいじゃなかったの？〟」

振り返った碧は、わざと藍の声色を真似て先日のセリフを口にする。あの時は動揺のあまりろくな返事もできなかった山吹だが、こうして正面から同じ質問をぶつけられると不思議と頭が冷静になってきた。

「恋のせい……か……」

ひとりでに、唇がそう呟いている。

涼を抱いている最中、どちらも愛の欠片《かけら》さえ口にはしなかった。それは事が済んだ後も同じで、山吹は混乱する頭を抱えたまま、それでもすぐに立ち去るのはなんだか卑怯な気がして気まずい時間を徒《いたずら》に沈黙で埋めていったのだ。涼は「帰れ」とは言わなかったし、その代わり一度離した身体を不用意に近づけようともしなかった。

あの時、彼はどんな表情をしていたんだろう。

起きてしまった事態に半ばパニックを起こしていた山吹は、それすら確認する余裕がなかった。いや、正直に言えばわざと見ないようにしていたのだ。視界にちらりとでも入れてしまったらもう一度彼を抱いてしまうかもしれないと思ったし、そうするのが怖かった。一度目は勢いで済んでも、二度目には理由が必要だ。けれど、自分自身でも不可解な感情を『恋』だと認めてしまうには、あまりに涼と自分の住む世界は違いすぎた。

「もしもし？　山吹、起きてる？」

「あ……だ、大丈夫。起きてるさ。そうか、碧も出かけるんだったな」

「うん、そろそろ出ないとね。開店までには戻るよ。ちょっと、お客と食事するだけだから」

「もしかして、あの和貴《わき》家の当主か？」

かねてから碧だけを指名し続けている、名家の若き当主の名前を山吹は出す。「天下の和貴家が男好きだったとは！」と初めは山吹も憤慨していたが、碧の話によると肉体関係は一切なく、ただ一緒に食事をしたり話をしたりして数時間過ごすだけの極めて楽な相手なのだそうだ。

「俺の気のせいならいいが、最近その……少し会う回数が増えてやしないか？」

「何、自分のことから話を逸《そ》らしたりして。仕事なんだから、増える分には構わないじゃない」

「まぁ、それはそうなんだが……」

「大丈夫。俺は山吹と違って、恋愛の場数は踏んでるからね。心配いらないよ」

そういう問題ではない気がしたが、言っても無駄なようなので山吹は黙っていた。自分がこのところ情緒不安定なように、ふとした弾みに見せる碧の横顔も微妙に変化しつつあるのだが、本人に自覚がないのなら下手《へた》に目覚めさせない方がいい。

身仕度を整えた碧は、それでも普段よりいくぶん機嫌のよい様子で部屋を出ていこうとした。だが、ふと思い立ったように襖《ふすま》にかけた手を止めると、ゆっくりと山吹へ視線を戻す。

「……山吹。引き抜きの話、断ろうと思ってるでしょ？」

「え……？」

「だから、さっき俺にあんな質問したんだよね？　紺に責められたのが、そんなにキツかった？」

「別に、そういうわけじゃない。ただ……」

「ん？」

「確かに、新会社の話は魅力的だ。正直まだ迷っている。だが、俺は……そうだな、はっきり言ってしまうとおまえたちが好きなんだよ。好き嫌いで自分の人生を決めるとは、夢にも思っていなかったが……まぁ、貧乏生活でおまえらとドタバタやってるのも悪くないと思い始めてきた」

「山吹……」

どこからどう見ても『貧乏』『赤貧』という単語が似合いそうもない山吹が、まさかそんなセリフを口にするとは思ってもみなかったのだろう。碧は一瞬、その麗しい瞳を大きく見開き、それから軽やかな笑い声と共に「……物好き」とだけ言い残していった。

(物好きか……。本当にその通りだろうな……)

コップに汲《く》んだ水をジッと眺めながら、流し台の前で山吹は呟く。碧が出かけて一人になってしまったので、いよいよすることがなくなった。そこで、とりあえず水でも飲むかと台所まで向かったのだが、またぞろ涼のことが頭に浮かんできてしまったのだ。

今頃、涼は食事でもしながら紺の進学の相談にのっているのだろうか。涼が大検合格者なのは前に紺から聞いてたが、頭の回転は早い奴だとは思っていたものの、自ら進んで勉強するタイプには見えなかったので少し意外だった。

(そんな風に……見かけだけじゃわからないことなんて、山のようにあるわけか……)

例えば、身体を重ねてみるまで涼があんなに綺麗だとは思わなかった。もちろん、情報として「整った顔立ち」というインプットはされていたが、自分の感情としてそれを実感したのはあの時が初めてだったのだ。ただ見ているだけじゃなく、触れて、口づけて、体温を分かち合って、それでようやく五感の隅々にまで「涼は綺麗だ」という発見が染みるように行き渡った。

なんだか、中学生か高校生の恋みたいだな。

ふとそんなことを考え、思わず笑みを浮かべそうになった直後、あまりの恥ずかしさに全身がカーッと熱くなった。

（な、な、何を俺は言ってるんだっ？　いい年して何が恋だ、中学生だっ。バカか俺はっ）

慌ててコップの水をいっきに飲み干し、深々とため息をつく。たった一度寝ただけなのにこんなに後まで引きずるのは、きっと相手が同性だったからに違いない。口先で寝るとか寝ないとかのやり取りをするのと実際にやってしまうのとでは、当然ながら雲泥《うんでい》の差があった。そのショックから覚めないせいで、きっといつまでも現実に戻ってこられないのだ。

つい先刻、碧から「恋のせいじゃないの？」と冷やかし半分な指摘を受けたが、目の前に涼がいない以上、山吹一人では結論の出しようもない。もし自分だけがその気になっていても、何しろ相手はあの立花涼だ。「色恋営業で俺の右に出る者はいない」と豪語する人間に、本気で恋なんかしてもバカをみるだけじゃないだろうか。

（そうだ。第一、あの憎たらしい顔でケロリと〝山吹さん、意外と楽しんだ？〟などと言われた日には……もう俺のプライドはボロボロだ……ゴミクズだ……宇宙の塵《ちり》だ……）

その様を想像しただけで、山吹は「恋なんて冗談じゃない」と強く頭を振る。楽しんだかと問われればこれ以上ないほど快楽に溺《おぼ》れたが、それだって涼の誘い方があんまり好みに適《かな》っていたからだ。山吹は、可愛かったり健気《けなげ》だったりいじらしかったりするものにとても弱く、だからこそ生意気で遊び慣れた涼が苦手なわけなのだが、あの時だけはまるで別人だった。微熱を帯びた瞳で切なく山吹を見つめ、指先が触れる度に幸福そうに目を閉じる。控《ひか》えめな微笑も上気した肌も、山吹が望むままに様々に色を変えていった。その先のもっと乱れた顔が見たくて、いつしかこちらも夢中になっていたのだ。

(そういえば、あいつはどうなんだ……？　あの後、平気だったのか？)

山吹が騙されたのでない限り、涼も男と寝た経験はなかったはずだ。迫って押し倒されたのはこちらだが、彼らしくない余裕のなさとたどたどしかった仕種から考えて、まず嘘ではないだろう。それなら、受け入れる側にまわった涼の方が身体は辛かったかもしれない。

(大丈夫なんだろうか。まさか、寝込んでやしないだろうな)

紺と会っているということも忘れ、山吹はいきなり的外れな心配を始める。この二日間、自分のことしか考えていなかった己を恥じ、やはりこちらから連絡をするべきなんだろうか、と考えた。平静な振りをすれば、愛だ恋だと悩んだことも悟られずに済むかもしれない。

(いや、待て。俺は、あいつの電話番号なんか知らないぞ)

成り行きとはいえセックスまでした仲だというのに、なんだか愕然《がくぜん》とする事実だ。山吹が歯がゆく思っていると、突然店先でカタンと音がした。

もしかして、出かけていた誰かが帰ってきたのだろうか。相手が藍か紺なら番号が訊けるんだが、と願いながら店に出ると、意外にも薄暗い中に立っていたのは涼本人だった。

「あ……」

「な……なんだ、おまえか」

油断していたところに現れたため、山吹は思い切り気まずい顔になる。まだ相手の真意が計れない以上、何事もなかったように振る舞うのが大人の対応だろうとは思ったが、それでも引きつる笑顔はごまかせなかった。

「どうかしたのか。今日は、紺と一緒だとばかり……」

「あ……うん、さっき昼メシ食ったとこ。あいつ、図書館に行ってくるってさ。ホストも大学生活も両立させるんだって、かなり張り切ってたぜ。俺ができなかったから、余計に燃えるんだと」

「そうか……紺から聞いたよ。おまえも、大検の後で大学受験までしたそうだな」

「まぁね。でも、通うのは諦《あきら》めたよ。母親がホストやってるのをやたら不憫《ふびん》がってさ、なんだかんだうるさいから、行く気になりゃ行けるんだってとこ見せてやりたかっただけだし」

「だけど、どこもそれなりのレベルだったんだろう？　大したものじゃないか」

「紺もきっと受かるよ。あいつ、頭いいから。さすがに、山吹さんの弟だけはある」

「う……まぁな……」

多分、本人はいつもの軽口のつもりだったのだろう。だが、声音が沈んでいるせいで本気に聞こえてしまう。山吹もいつものように「それは皮肉か」と怒るわけにもいかず、気のない返事を返しただけだった。

重苦しい空気が、ますます二人を無口にする。

言葉や態度に出さなくても、涼が先日の一件を笑い話や冗談として処理できていないことは、もうこの時点で明白だった。山吹の視線をそれとなく避ける仕種や、ほんの少しだけ弱気な表情など、彼の複雑な心情を読む術はいくらでもある。少なくとも、「山吹さんも楽しんだ？」なんて無神経な口をきく心持ちでないことだけは、これではっきりとわかった。

それなら、こちらはどうすればいいのだろう。

セックスしたのは事実だし、それを相手が遊びと捉《とら》えていないのなら、やっぱりきちんと涼と話し合いたい。ゲイでもない二人が「なんとなく」で身体を重ねるのには、お互いもっとも相応しくない相手だ。それでも踏み込んでしまったからには、何か理由があると思いたかった。碧との会話で山吹の中には朧《おぼろ》げながら形を取りつつあるものが、はたして涼の心にも育っているのかどうしても知りたい。

それには、とりあえず何か言わなくては。

山吹は無意識に焦り、なんでもいいから唇を動かそうとした。

「あのな、涼……」

「あ、そうだ。あんた『ラ・フォンティーヌ』抜けるんだって？」

「え?」

山吹の言葉を聞くのを怖れるかのように、涼が先手を打って話し出す。

「引き抜きの話、紺から聞いたよ。顧客の女社長から、新会社へ誘われてるんだろ?」

「べ、別におかしな取り引きなんかじゃないぞ。ちゃんとした……」

「わかってるって。それ、もう返事をしなくちゃまずいんだよな? 部外者が差し出がましいとは思ったけど、紺から相談されたからさ。俺も、あいつにはちゃんと話しておいたから。山吹さんが、どれだけ今の生活に不自由を感じているかとか、年長者としていろいろ考えているんだってことを」

「おまえが、なんでそんな……」

「まぁ、言ってみればお返しってとこかな」

「お返し……」

言われた意味を把握しようと、山吹は何度か頭で反芻してみた。しかし、何をどうしたら涼から「お返し」されることになるのかさっぱりわからない。理解不能な顔を見て、彼はわざとらしいほど明るい口調で、「だからさぁ」と言ってきた。

「山吹さん、はっきり言ってこの間のこと後悔してるだろ? そりゃ、そうだよな。あれは、俺があんたを押し倒して強引にそういう雰囲気に持ってったわけだしさ。それに、ああいう頼りない表情で迫られると無下にはできない人だって……俺わかってたからね」

「涼……」

「なにしろ、藍ちゃんがお気に入りって人じゃん」

「お、俺は別に、そういう目で藍を見てるわけじゃないぞっ」

「怒るなよ、わかってるって。でも……」

そこで、ふっと声の勢いが衰える。涼の笑顔が不意に強張ったようになり、彼はぎこちなく山吹から視線をずらした。

「……でも、あの子と俺じゃさすがに違いすぎる」

「…………」

「だから、悪かったなって。いくらなんでも、山吹さんと本当に寝るなんて悪ふざけの度がすぎたよ。あんただって、そう思ってるんだろ？　ついでに、賭けの話もこの際チャラにしようぜ。どうせあんたが勝ったところで、二度目じゃ面白味がないもんなぁ？」

嘘だ、と山吹は心の中で呟く。この前までの自分ならあっさり騙されただろうが、今は涼の強がりがその声音から透けて感じられるのだ。

同情なんかで、触られたくない。

そう言い切った彼が、山吹が勢いに流されて自分を抱いたと思い込んでいる。甘んじてその状況を受け入れるのはさぞプライドが傷ついただろうに、それでも山吹の体温を欲してしまったことが何よりの証拠だ。それだけ、涼は山吹が欲しかったのだ。

だから、何も言えなかった。自分自身の気持ちすらはっきり掴めていない状態で、その場しのぎの気休めで無責任な言葉は口にしたくなかった。

「……でも、紺はなんだかんだ言って兄ちゃん思いだよな」

沈黙を避けるためか、涼がガラリと話題を変えてくる。

「俺が説得するまでもなく、あいつそんなことわかってたってさ。兄ちゃんが本当にやりたい仕事を見つけたんなら、やっぱりそれは応援しようと思うって。だけど、ここんとこいろいろあって俺がすっかり奴と遊んでやんなくなったもんで、つい山吹さんに八つ当たりしたんだと」

「ああ……俺もそんなところだろうとは思ったよ」

「ついでに、そっちの誤解も解いておいてやったから。あんたのせいじゃなくて、俺はただ……母親のしたことに責任感じて顔を出せなかっただけだからさ……」

「別に、おまえが責任を感じることはないじゃないか」

「そうはいかないさ。皆を、ヌカ喜びさせちまったもんな。実は俺の母親が黒幕で、俺に店を持たせるためのエサにしようとしてたんだ、なんて……あんたたちの顔を見ると言えなかったから」

それは、恐らく本当だろう。けれど、山吹が怒りのあまり発した「二度と関わるな」というセリフが、店の出入りを戸惑う後押しになったとは言えないだろうか。もし涼があの言葉に少しでも傷ついたのだとしたら、やはり自分は紺に八つ当たりされても仕方がない。

「そうだ、山吹さん。その後、あの女から何か言ってきた？」

「いや、大丈夫だ。はっきり断ったら、意外にあっさり引き下がったよ。多分、おまえの方も見込みなしだと諦めがついたからじゃないか。良かったな……というべきか？」

「さぁ、どうだか。どうせ、またほとぼりが冷めたら、何か突拍子もないこと考えてくるに決まってるんだ。もしかしたら、あれが彼女なりの屈折したコミュニケーションなのかもな。でも、あんたたちを巻き添えにしたのは、本当に悪かったよ。さっき、紺にも謝った」

「あいつ、気にしてなかっただろう？　紺の奴、最近やたら張り切ってるからな。自分たちの力で店を大きくするんだって、仕事にも精を出しているんだ。熱血嫌いの碧は迷惑そうだが、藍なんかは一緒になって頑張ってる。結果的に、俺たちにやる気をくれたんだ。だから、何も問題ないさ」

「そっか……なら、良かった……」

心の底から安心したように、涼が微かな笑みを浮かべる。それを見ていた山吹は、本当に自分が抱いたのは目の前の彼なんだろうかと、不思議な気持ちに襲われた。

情熱的で欲望に忠実で、戸惑う山吹を力業《ちからわざ》でその気にさせた。あのなりふり構わない淫らな微熱を、もう一度味わいたいと強烈に思う。つい先刻まで「なかったこと」にしようと苦労していたくせに、もしここで触れられる距離まで涼が近づいてきたら、到底我慢できるとは思えなかった。

『バカだな、ケダモノでいいんだよ。そうでなきゃ、面白くない』

そううそぶいた涼は、今どこにもいない。

その代わりに、ケダモノの味を知った自分がいる。

「涼、俺は……」

「あっと。悪いけど、これから同伴なんだ。俺もう行かないと」

「同伴？　こんな早い時間からか？」

「何時だって、お客の都合に合わせますって。とにかく紺も納得しているし、あんたさえその気なら碧さんや藍ちゃんだって転職に文句つけたりはしないんだろ？　じゃあ、これで心おきなくホストをやめられるな？　今日は、その話をしようと思って寄っただけなんだ」

「そ……そうか」

上手くはぐらかされた気がして、なんだか山吹は釈然としない。だが、涼は小さな深呼吸を一つすると、驚くほど静かな口調で「おめでとう」と言ってきた。

「前から言ってた通りの、カタギの生活に戻れるな？」

「いや、俺はまだ……」

決めたわけじゃない、と言いかけたセリフを涼は笑顔で遮る。

「俺たち、もともと合わなかったけど。あんたが転職すれば、決定的に生活が逆になるな。

そっちはお陽《ひ》様の下で、こっちはネオンの真夜中。それなら、多分……」

「多分？」

「もう……会わないで済むからね」

「………」

もう、会わないで済む。

その言葉は、もしや「会いたくない」と同義語だろうか。

判断がつかずにいる間に、涼はさっさと踵《きびす》を返して店から出て行ってしまった。

後には、絶句したままの山吹が一人取り残される。

たった一度のセックスで、永遠の痛みを負わされた気分だった。


翌日の深夜、山吹はお客を見送って店を出た先で涼を見かけた。

ちょうどこれから出勤するところらしく、彼は若い女の子の肩を抱いて歩いている。話が弾んでいるのか白い息が次々と横顔を縁取り、ノータイにグッチのスーツとコートを纏《まと》った姿は相変わらず華やかで目を奪われた。

肩までの茶髪、世慣れた雰囲気。そのくせ、さほど崩れた印象はない。それが持ち前のキャラクターというやつかと山吹はずっと思っていたが、こうして冷静に距離を取って見てみると、決してそれだけではないのがよくわかった。

涼は、自分の仕事をこの上なく愛している。

ただ気楽に何も考えず夜の海を漂っているわけではなく、もちろん金のためだけに遊んで稼ごうとしているわけでもない。陽気に見える表情の下では目まぐるしい計算と自信に裏打ちされた演出がなされ、何より自分の相手を喜ばせようという愛情がその態度に溢れていた。恐らく、そういった気概こそが、彼を長年トップに留《とど》めている理由なのだろう。飄々としてガツガツせず、それなのにこちらの気を惹《ひ》いてやまない意味深な言動。こんな男を相手に、売り上げで賭けなどするだけ無謀だったのだ。

山吹はホッと息をつき、自分も覚悟を決めなければと強く思った。

はっきり言って、涼を見れば胸が痛む。女の子の抱かれた肩に嫉妬《しっと》もするし、ちらりともこちらへ流れない視線がもどかしくて心がじりじりしそうだ。

それでも、今のような中途半端な立ち位置の自分では、彼を追って駆け出す気持ちにはどうしてもなれなかった。涼を前にして言うべき言葉が、しっかりと自分の中に見つけられないからだ。

遠くなる後ろ姿を見つめながら、山吹は夜の世界とは決別しよう、と強く心に決めた。

「よし……と。そろそろ時間だな」

ネクタイをきっちり根元で締めて、鏡に向かって慎重に呟く。

涼から実質上の絶縁宣言をされた二日後、お昼のミーティングで集まった面々から山吹は「新しい会社で頑張れ」との励ましをもらった。どうやら涼の説得が頑《かたく》なだった紺を素直にしたらしく、彼が軟化したお陰で碧や藍も応援がしやすくなったようだ。

『俺と約束した通り、涼さんとも友好条約結んだみたいだしさ』

照れ隠しに仏頂面を作りながら、紺は「淋しいけど、しっかりな」と言ってくれた。

里帆のオフィスには、三時きっかりに訪ねる約束になっている。久しぶりに身の引き締まる思いを感じ、やはり自分には色が売りの水商売よりビジネスシーンの方が向いているのだと改めて確信した。これからは、朝起きて夜に眠るごく普通の生活が待っている。身体はすっかり夜型になっていたが、それは少しずつ戻していくしかないだろう。そうして日々を重ねていく内に、ホストとしての自分も涼とのことも、全て遠い記憶にしていくつもりだった。

けれど、ふとした拍子に癒《い》えない痛みが胸を走る。

本当に涼とあれきりになるのなら、誘惑になど乗らなければ良かった。抱けば未練が残るし、思いもよらなかった自分の気持ちを乱暴に気づかされることにもなる。本音を言えば、目眩を覚えるほど恋しいと思う瞬間は何度もあったが、相手が会わないと宣言している以上、しつこくして惨《みじ》めになるのは自分の方なのだ。

恋愛は、二人でするものだ。涼が「会わない」と言った真意がどこにあるかは知らないが、同性同士という大きな障害がある以上、こちらが無理に一方的な気持ちを押しつけても幸福な結果を生む確率はとても低い。それなら、一度きりの関係と割り切った方が傷つかないで済むのではないだろうか。何より、自分と彼では根本から違いすぎる。この上、仕事や生活での接点までなくなったら、たとえ付き合いが始まったところで破局は目に見えていた。

「……忘れればいいんだ。そう、きっと一時の気の迷いなんだから……」

単なる強がりにすぎなかったが、そうでも思わなければやっていけない。千回唱えれば嘘も本当になるように、今はただの強がりでもいつかは「錯覚」に変わるだろう。

「それにしても、応援された割には淋しい門出だな」

もう一度時間を確認し、ふっと弱気な独り言が口をついて出た。

外出の回数が増えている碧はともかく、紺はまた今日も涼と会っているようだ。今回は藍も一緒だと言っていたが、美味《うま》い創作フレンチのレストランでご馳走《ちそう》してもらえるんだと喜んでいた。紺が本格的に試験勉強を始めたので、景気づけを兼ねた食事会らしい。こっちがこれだけ心を重くしているというのに、涼の方はさっさと気持ちを切り替えて優雅なものだ。

少し恨めしく思いながら山吹は嘆息し、急いで表情を引き締めた。

「――じゃあ、行くか」

愛用のカシミアのコートを羽織り、もう十一月も終わりだな……と侘《わび》しく思う。新しい会社では、三月に売り出す春のラインナップを中心に始動する予定だ。一歩この家を出たら、もうしんみり季節を感じたり涼のことで胸を痛めているヒマなどなくなるだろう。

かつて毎日のように手にしていた革のブリーフケースを持ち、山吹が部屋を出ようとした時だった。突然、携帯が鳴り出してその足を止めさせる。今時分に誰だろう、と少々訝しみながら電話に出た途端、緊迫した声が耳に飛び込んできた。

「山吹兄さん？　良かった、電話に出てくれて。あの……あのね……っ」

「藍か？　そんなに慌ててどうしたんだ。まだ食事中だろう？」

「それが……実は、病院にいるんだ。行きに乗ったタクシーが追突されて、ガードレールにぶつかっちゃって……」

「追突だと？　それで怪我《けが》は？　皆は無事なのかっ？」

「うん、僕は大丈夫、打ち身とすり傷だけだから。紺も元気だよ。ただ、涼さんが……」

「涼が？」

その名前を聞いた途端、山吹の全身からスッと血の気が引いていく。冷たくなった手で携帯を急いで握り直し、自分でも驚くほど真剣な声を出していた。

「藍、涼がどうかしたのか？　まさか……」

「う……ううん、命に別状はないんだけど。でも、咄嗟《とっさ》に僕と紺を庇《かば》ってくれたせいで、割れた窓ガラスを頭から浴びちゃったんだ。それで……もしもし？　山吹兄さん、聞いてる？　もしもし？」

悪いとは思ったが、返事をする時間さえも惜しい。

山吹は藍の声を聞きながら、夢中で表へ飛び出していた。


教えられた救急病院へ駆けつけると、受け付けの終了した待合室の長椅子に、紺と藍がションボリと座っていた。二人とも手や頬《ほお》に包帯を巻いたり絆創膏《ばんそうこう》を貼っていたが、電話で聞いていた通り大きな怪我はしていないようだ。山吹が安堵《あんど》しながら近づくと、彼らは同時にパッと顔を上げて立ち上がった。

「兄ちゃん……仕事は……」

「そんなことより、おまえ大丈夫なのか？　ちゃんと精密検査は受けたのか？」

「大丈夫だよ。俺も藍も、頭とか打たなかったから。それに、涼さんが上から覆《おお》い被《かぶ》さってくれたんで、ほとんど衝撃も受けなかったし。運転手は無傷だったから、今警察に行ってる」

「そうか……良かった……」

山吹はそう言うなり、無意識にギュッと弟の身体を抱きしめる。そんな真似をしたのは生まれて初めてで、紺はかなり面食らっていたようだが、それでも少し照れ臭そうにジッとしていた。

「藍、龍二に連絡したのか？」

「あ……まだ……。だって、心配かけると良くないから……」

微笑ましそうに兄弟の抱擁《ほうよう》を見守る藍に、山吹は説教めいた口調で言う。

「それはダメだ。今すぐ電話をかけてきなさい。後から知らされたら、龍二だって傷つくじゃないか。おまえに何かあったら、あの男は生きていけないだろう」

「山吹兄さん……」

「前におまえが変質者の客に捕まった時、あいつはおまえが許可するなら相手をぶっ殺すと言ったそうだな？　俺は、運転手の身が心配だ。だから、早く無事だと伝えてこい」

「うん、わかった」

嬉しそうに頷き、藍が身を翻《ひるがえ》して公衆電話に走っていく。その姿を見送りながら、紺がしみじみと腕の中で顔を上げた。

「兄ちゃん……なんか変わったな」

「え、そうか？」

「変わったよ。なんつーか、心の機微ってヤツが、少しわかるようになったんじゃねぇの？」

「…………」

「ちょっと前の兄ちゃんなら、龍二の心情なんて絶対気遣わなかった。俺と藍さえ無事なら、やれやれ帰ろうか……で簡単に済ませてただろ？　違う？」

山吹の目を覗き込み、紺は真摯《しんし》な眼差しで問いかける。山吹は急に気恥ずかしくなり、わざとつっけんどんに彼の身体を突き放すと、コホンと咳払いをした。

「そ、そんなことより、そもそもどうしてタクシーなんか使ってたんだ。涼なら、外車の二台や三台は軽く貢がれているはずだろう」

「運転したら、酒が飲めなくなるじゃん」

「涼……」

陽気な声と共に、涼が治療室から姿を現す。額《ひたい》を切ったらしく白い包帯を巻き、軟派な茶髪がしどけなくかかっている図は、なんだか喧嘩《けんか》した後のチンピラのようだった。おまけに、紺たちを庇ったと聞いた通りインナーの白いシャツから上に着ている焦げ茶のプラダのコートまであちこちに血痕《けっこん》や汚れが目立っている。ガラスの破片を浴びただけあって、肩口にはまだ払い切れなかった小さな粒すら光っていた。

「おまえ……大丈夫なのか……？」

「……意外。山吹さん、心配してくれたんだ？　ああ、でも紺たちが一緒だったからな」

「そうじゃない。俺は、おまえが大丈夫なのかと訊いてるんだ！」

「………」

いきなり山吹が怒鳴ったので、涼だけでなく紺までが吃驚《びっくり》している。ちょうど近くを通りかかった看護師が、「病院ではお静かに」と厳しく注意をして歩き去っていった。

「どうなんだ？　傷はひどく痛むのか？」

「だ……大丈夫だよ。額とこめかみを、少し切っただけ」

「だが、顔はおまえの商売道具だろう？　痕《あと》は残らないんだろうな？」

「縫ったわけじゃなし、平気だよ。なんだ、責任感じてくれてるんだ？」

「責任だと……？」

多少は怯《ひる》んだ様子だったが、あくまで皮肉な口調を崩さない涼に山吹は激しい苛立《いらだ》ちを覚える。「もう会わない」と言った舌の根も乾かない内にこんな形で再会してしまったのだから決まりが悪いのかもしれないが、それにしたって態度があまりに可愛くない。

涼という癖の強い男に対して、「可愛い」という形容を使いたがる人間はおよそこの世で自分一人だけだ。そんな事実にも気づかないまま、山吹はおもむろにサイフを取り出した。

「……紺。悪いが、これで藍と一緒に先に帰ってくれ。もし龍二が来るようなら、あいつに渡してくれればいい。俺は、ちょっとこの男と話があるから」

「え……？　ま、待ってよ。兄ちゃん、またケンカしようってんじゃゃ……」

「安心しろ。そんなんじゃない。少し二人で話がしたいだけだ」

むきだしの一万円札を、山吹は有無を言わさず握らせる。あまりの迫力に紺はそれ以上何も言えず、ただオロオロと兄と涼を見比べるばかりだった。

「――行くぞ、涼。このまま、おまえのマンションまで送っていく」

「俺は、別に話なんか何もないけど……」

「生憎だったな。こっちにはあるんだ。さぁ行くぞ」

「お……おいっ」

いきなり手首を摑まれて、涼は一瞬頭にきたようだ。だが、構わずグイグイと引っ張られ、抵抗する間もなく一歩足を踏み出した。後は半ば引きずられるようにしながら、どんどん出口へと向かっていく。山吹が開き直ると意外と大胆なのを、彼は路上のキスで経験済みだ。そのため、下手に逆らうのはやめて、ともかくついていくことに決めたようだった。

「お待たせ、紺。龍二さん、すぐ来るって。あれ？　山吹兄さんと涼さんはどうしたの？」

入れ替わりに戻ってきた藍が、立ち尽くす紺へ無邪気に話しかける。二人が消えた廊下をジッと見つめていた彼は、呆然《ぼうぜん》とした口調でそれに答えた。

「……恋なんじゃねぇの？」

信じらんないよ、と額に包帯を巻いた涼が呆れ顔でため息をつく。

「あのさぁ、山吹さん。今、何時かわかる？　四時半だよ、四時半。先方に詫《わ》びの電話を入れて急いで向かえば、絶対三十分以内には着けるって。大丈夫、今から走りなよ」

「いいんだ」

「いいんだ……って、こっちは後味悪いじゃないか。見ての通り俺は大した怪我じゃないし、入院するわけでも付添いが必要なわけでもない。紺たちだって唖然としてたじゃないかよ」

「……いいんだ」

頑なに同じセリフをくり返し、山吹はそれ以上の文句は受け付けないと心に決める。そんな固い決意が伝わったのか、涼はぶ然としながらもほんの少しだけおとなしくなった。

マンションへ向かう間中、彼が気にしていたのはもちろん山吹の仕事の件だ。恐らく紺あたりに聞いていたのだろうが、里帆との約束の時間はもうとっくに過ぎている。病院まで夢中で駆けつけていたので、当然遅れる旨の連絡もしていなかった。

それを、先刻から涼は怒っているのだ。

「あのさぁ、せっかくのチャンスなんだろ？　おまけに、大事なお得意様でもあるんじゃないか。そんな人を怒らせるなんて、絶対まずいって。あんた、客商売ナメてんだろ？」

「別に、そういうわけじゃないさ。後で、彼女にも重々詫びをいれるつもりだ。謝ったところで信用は取り戻せないだろうが、それなりの礼儀はきちんと尽くすよ。おまえが心配することはない。だから、そう先輩づらして説教するな」

「せ、説教って……誰のせいだよ、誰のっ」

あくまで冷静な山吹に、涼の調子は狂いっぱなしのようだ。彼らしくなく顔を赤らめ、感情むき出しの声を出している。マンションにタクシーを乗りつけた後、ごく当然のように山吹が部屋まで一緒について来たせいで、尚更戸惑いが大きいようだった。

相変わらず生活感のない、綺麗に片付けられた広いリビング。その中央で互いを睨み合いながら、二人は次の言葉を懸命に頭で探していた。

確かに、涼が心配してくれるのは有難い。山吹だって、ほんの数時間前まで里帆の会社で働く決心を固めていたのだ。同時に涼とも距離を置くつもりだったし、彼を愛しく思う不可解な感情にも永遠に蓋《ふた》をしてしまうつもりだった。

だが、藍から事故の連絡を受けた時、命に別状はないと聞きながらも山吹は病院へ行かずにはいられなかった。紺や藍の状況が心配だったことももちろんあるが、やはり自分の目で涼の安否を確認したかったのだ。そうして、額に痛々しく包帯を巻いた彼が現れた瞬間、頭を占めたただ一つの事柄は「誰にも渡したくない」という強い独占欲だけだった。

そう、たとえそれが『運命』とか『神様』とかいった、山吹がまったく信じていない概念からの横槍《よこやり》であろうとも。

だから、（良かった）と山吹は心の底から素直に思う。

涼が無事で、目の前にいてくれて、本当に良かった。

「な……なんだよ、急に真面目な顔なんかして」

「最初に言っておくが、俺は初めて会った時からおまえが嫌いだった」

今、手を伸ばさなければきっと後悔する。

そんな思いに突き動かされながら、山吹は感情の赴くままに口を動かした。

「本当だ。何度、これきり縁を切ろうと思ったかしれない」

「……今更ダメ押しかよ……」

「いいから、聞いてくれ。俺だって、話が最後までいかないと自分が何を言うつもりなのかよくわからないんだ。でも……とにかくちゃんと聞いてくれ」

「…………」

涼の瞳が、ほんの少し揺らいだ。その表情を見ただけで、浮かび上がる期待を必死で打ち消そうとしているのがわかる。いつの間に、自分はこんなに彼の心が読めるようになったのだろう。そんな不思議な気持ちが強い自信へと変わるのに、そう時間はかからなかった。

「俺は……何故だかおまえの言うことがいちいち癪《しゃく》に障るんだ。なんだかバカにされているようで、腹立たしくて我慢ならなかった。ホストとして一流のそっちから見れば、俺たちの店なんて祭りの夜店程度にしか映らないんだろう。そう思うと、無性に悔しかった」

「それは……」

「そうだな。おまえは言ってたんだよな。俺たちの場所が、居心地好かったって。だけど、俺にはそれがわからなかった。あまつさえ『ミネルヴァ』の売り上げを抜いたら寝ようとか、ふざけてるとしか思えない賭けまで持ち出されて、完全に頭にきてたからな」

「だから、もうあの話はチャラにしようって言っただろ。それでいいじゃないか」

怒ったように反論し、涼は柄にもなく拗ねた横顔を見せる。そのまま無造作に汚れたコートを脱ぐと、まるで八つ当たりでもするように床へ放り投げた。

「俺には、全然わかんないね。あんた、一体何が言いたいんだよ。人のマンションまで図々しくついてきて、わけのわかんない今更な文句ばっかり並べ立ててさ」

「それは……俺にもよくわからないからだ」

「何がだよ？　大事な仕事の約束ほっぽって、せっかく今の生活から抜け出せるとこだったのを自分からわざわざフイにしてさ。それで、何がわからないって？　こっちがせっかく忘れてやろうって思ってんのに、つまんないちょっかいかけてくるなって言ってんだよっ」

「涼……」

「あんたと俺は、全然道が交わらない。そんなこと、最初っからわかってたんだ。冗談や嘘でならいくらでも世迷言《よまいごと》が言えるけど、俺は……本当にもう関わりたくない。だから、そっちも俺には関わらないでくれ。そうでないと、また『ラ・フォンティーヌ』に行けなくなるじゃないか」

「だったら……だったら、教えてくれないか」

山吹は夢中で涼の肩を掴み、強引にこちらへ向き直させる。真摯な眼差しが間近で交差し、彼の目に映る自分自身に山吹は熱心に訴えた。

「——教えてくれ。どうやったら、おまえを嫌いになれるんだ？」

「………………」

「何度も試したのに、俺にはその方法が見つけられない。だから、涼が教えてくれ。何をどうすれば、俺はおまえを嫌いになれるっていうんだ！」

「山吹さん……」

涼は目を丸くしたまま、山吹をジッと見つめ返す。たっぷり一分はそうした後で、不意に力が抜けたようにそのまま後ろのソファへ座り込んだ。

「な……に言ってんの……」

包帯の上から何度も前髪をかき上げ、彼はかつてないほど狼狽えまくっている。山吹は正面の床に行儀よく両膝《りょうひざ》をつくと、そんな涼の手をそっと髪から引き離した。

「山吹さん、あのさ……一つ質問があるんだけど」

「なんだ？」

「あんた、俺のこと……嫌い……なんだよね……？」

「……おまえ、この間俺に〝もう会わないで済む〟ってそう言っただろう」

「言った……けど……」

「そうやって人を振り回すから、俺はおまえが嫌いなんだよ」

「あのなぁ、好きか嫌いかはっきりしてくれよ！」

わけのわからない会話を続けられ、とうとう涼が言葉を荒らげる。怒鳴られた山吹は一瞬ムッとしたが、ふと目と目が合ってしまったため、怒るより先に微笑んでしまった。

「笑うなよ」

ますます、涼はふて腐れる。

「人がせっかく穏便に消えてやろうと思ってんのに、なんで嬉しそうに笑うんだよ」

「どうして消えるんだ？　そんな必要ないだろう」

「生憎、こっちにはあるんだよ。だって、あんたとまた顔を合わせたら……」

「合わせたら……なんだ？」

「……絶対、また寝たくなるに決まってる。でも、毎回そっちも素直に押し倒されやしないだろうし、男が好きでもない限り、俺から誘っても無理があるだろ。だけど、もう……自信がないんだ」

「自信がない……」

それは、山吹にとっても意外な言葉だった。涼の口から「自信がない」なんてセリフ、恐らく誰も聞いたことがないに違いない。

「俺……ずっと、あんたが好きだった」

「え……っ！」

「まいったな。頼むから、そうあからさまに驚かないでくれる？　大体、俺から誘って寝たんだから、少しぐらい察しをつけてもよさそうなもんじゃないかな」

「そ、そ、そんなことを言われてもだな……」

「……まぁ、そうだね。いきなり信じろって方が無理だよな。俺、あんたに嫌われるような態度ばかり取ってきたし。だけど……嘘じゃないよ。ずっとずっと、あんたが好きだったよ」

「…………」

どう答えていいか見当もつかない山吹は、ただ受け身で話を聞くしかない。我ながら情けなかったが、余計な言葉をあだこうだと挟むよりは涼も話しやすそうに見えた。

山吹に両手を預けたまま、彼はどこか遠くを見るような目で口を開いた。

「なぁ、最初に山吹さんに会った時、俺が大笑いしたの覚えてる？」

「当たり前だ。あんな屈辱《くつじょく》、そうそう忘れられるものか」

「はは、そうだよな。あんた、すげぇ勢いでムッとしてたもんなぁ」

「そっちが、すごい勢いで笑い出したからだろう。初対面でいきなりアレじゃ、第一印象最悪でも仕方がないじゃないか。未《いま》だかつて、あんな無礼な男はおまえくらいしか知らないぞ」

「……本当はさ、あの時死ぬほど落ち込んでたんだ、俺」

不意に声のトーンを落として、涼は薄く微笑する。

「例の母親がさ、俺にホストやめろって何度も言ってきて。そりゃ、親にしてみれば息子が水商売だなんて嫌に決まってるけどね。でも、俺は俺なりにプライド持ってこの仕事を続けてきたわけだし、いくら母親でも突然思い出したように現れて勝手な理屈こねられたら……もうウンザリだろ」

「ああ……そうだな……」

「俺、本気で腹が立って、週刊誌に売ってやろうって思ったんだ。人気女優の遠山瑞穂には、十数年前に捨てた非嫡出子がいる。おまけに、成長した息子は売れっ子ホストだってさ」

山吹の手の中で、涼の指先が冷たくなった。今でも、その時の心境を思い出すとなかなか冷静ではいられないのだろう。自分の才覚だけで夜の街を生き抜いてきたとはいえ、彼にだって弱い部分はある。女優である母親の存在は、一番触れられたくない秘密だったのだ。それを、あえて自ら公表しようとするほど、彼は追い詰められていたのだろう。

「世間が俺のことを知ったら、きっとあの女の人生はめちゃめちゃになる。そうしたら、やっと縁を切ることができるんじゃないか……そう思った時は、もう知り合いのフリーライターに電話をかけてた。大きなネタがあるからって言って、会う段取りまで決めてさ。なんか、柄にもなく心臓がドキドキして、いろんなこと考えた。マスコミの狂乱ぶり、事務所の対応、

俺の店にも取材が押し寄せるだろうなとか……くだらないこと全部」

「涼……」

「あんたの店に寄ったのは、ライターに会いに行く直前だったんだ」

「………」

「山吹さん、俺のこと他店のスパイだと思っただろう？　険しい顔して藍ちゃんを叱って、俺たちはここでホストクラブを開くんだって、もう最初っから自信満々でさ。あんなボロボロの幽霊屋敷で、なんの売れる根拠もないのに堂々としてた。俺、なんかめちゃめちゃ嬉しかったんだ」

そこまで話すと、涼がギュッと山吹の手を握り返してきた。いつの間にか、その手のひらには体温が戻っている。それはそのまま、彼の記憶が温かなものへと変化したことを物語っていた。

「誰が認めようが認めまいが、自分のやることに自信さえ持っていればそれでいいんだなって。今更な基本、あの時のあんたに教えられた気がしたんだ。きっと、俺の中にも長いこと色恋を商売にしてきた澱《おり》が溜《た》まっていたんだよ。それを母親から汚いって決めつけられた気がして、勝手に腹を立てていたんだ。実際は、彼女は息子に金の苦労はさせたくないって、そう伝えたかっただけらしいんだけど……当時の俺は聞く耳を持たなかったからね」

「そうだったのか……」

「変に依怙地《いこじ》になってた自分が、妙におかしくてさ。なんだよ、誰よりホストの仕事をバカにしてたのって、俺自身なんじゃないかって思ったら笑いが止まんなくて。お陰で、山吹さんには思い切り追い払われたけど、その足でライターとの約束はキャンセルしたよ」

ゆっくりと目線を下ろし、涼は愛しげに山吹を見つめる。彼はそのままゆっくりと両手の力を抜くと、ため息混じりにもう一度口を開いた。

「あれから、あんたは俺の特別になった。もちろん、最初は恋なんかじゃなかったけど。ただ、あんたたちが的外れなことに必死になったり、八方塞《ふさ》がりな状況でもどこか呑気《のんき》にしてたり、そういうのを見ているのが楽しかった。でも、山吹さんだけは……いつか元の世界に戻るだろうって予感がしてたんだよ。だから、あんたを見ていられるのは今だけだって、心のどこかでいつも思ってた。そうしたら……どんどん……」

「………………」

「どんどん、目があんただけを追うようになって……いつの間にか……」

涼は話しながら目を閉じると、顔を伏せて辛い表情を隠そうとする。聞いている間中、山吹は何度も胸が痛くなったが、それは誓って同情なんかではなかった。自分は無神論者だが、この気持ちを涼に信じてもらえるのなら、どんな宗派の神様にでも願をかけたいと思う。

だが、願うだけでは想いは相手に伝わらない。そんなこと、もうとっくにわかっていた。たった一言が言えなかっただけで、涼をこんなにも悲しませているのだから。

「あのな、涼。俺は……」

「頼むから……もう帰ってくれないかな」

「えっ？」

「あんたが転職しようが『ラ・フォンティーヌ』に残ろうが、好きにすればいい。ともかく、今後俺には二度と関わらないでくれ。ここまで話したんだ、もう充分だろう？」

「あ、いや、そうじゃなくてだな……」

予想外の展開に、いざ告白と構えていた山吹は大いに困惑する。そんな気持ちも知らないで、涼は「だって、そうじゃないか」と半ば喧嘩腰に詰め寄った。

「俺、あんたが好きなんだ。そんな相手と一度でも寝たら、平気でなんかいられないだろう？　あんたとのセックスは、仕事とは違う。今までみたいに、なんでもない顔は作れないんだよ。だって、俺の身体はちゃんと全部覚えてるんだ。あんたの指とか唇とか体温とか……山吹さんを見る度に思い出すに決まってる。でも、もう二度と手に入らないんだから」

「おい、早まるなよ。別に、そんなことはないだろう」

「なんでだよ」

「忘れたのか、涼。俺とおまえは、いつも理屈の通じないことをやっている。おまえ、言っていたじゃないか。そんなことをする理由は、普通は一つしかないと。だったら、おまえは何度でも俺を手に入れることができるさ。その理由とやらが、俺の考えているもので正解ならば」

「え……」

山吹の熱心な言葉に、涼が惚《ほう》けたように顔を上げる。恐らく、山吹が今まで目にした中で一番無防備な顔がそこにあった。

「俺は、おまえと寝た後からずっと考えていたんだ。男に興味があったわけでもなかったのに、どうしておまえの誘いに乗ったんだろうと。でも、結論が出そうになる度におまえが引っかき回すようなことを言うから、こんなシンプルな理由までなかなかたどり着けなかった」

「シンプルな……理由……」

「ああ。だから、ちゃんと伝えようと思ったんだ。振られるのは、それからでも遅くないからな。だが、さっきのおまえの話によると、どうやらその心配はなさそうだな？」

もし、涼が自分の手を望むなら。

何度でも、山吹はそれを与えることができる。

そんな意味を込めて見つめると、涼は瞬《まばた》きもせずに深くため息をついた。

「なんか……なんかさ……」

「え？」

「あんた……マジなのかよ……」

「おまえなぁ。感動したんなら、もう少し綺麗な日本語で言えないのか？」

両手で包み込んだ指先に口づけて、山吹は呆れたように笑いかける。

涼はくすぐったそうに目を細め、もう一度口を開いた。

「じゃあ、言い直す。山吹さん、今すぐ俺とやろう？」

「……おまえ、小学校から国語やり直せ」

答えはもう決まっていたが、山吹は渋い顔でそう言い返した。


初めて入る涼の寝室は、山吹をまず絶句させた。

「あれ？　俺、言わなかったっけ？　寝室は汚いよって」

「言った……言ったが……まさか、これほどとは……」

まるでカタログから抜け出したようなリビングやキッチンとは対照的に、寝室の床は脱ぎ散らかされたブランドの服や靴箱で溢れている。キングサイズのベッドはさすがに立派で、リネン類だけはハウスキーパーの管轄なのかちゃんと清潔な物を使用しているようだったが、それにしても幼稚園児が運動会を開けそうなほど広いこの部屋を、これだけの衣類や靴で埋めつくせるのだからある意味大したものだった。

「でも、この部屋を見たら安心しただろ」

「どうしてだ？」

「間違っても、こんな散らかった部屋に女もお客も連れ込めない」

「………」

「要するに、ここで俺が寝る人間はあんたが最初で最後だってことだよ、山吹さん」

そう言いながら近づいてくる唇を、ムッとして手のひらで押し返す。不満げな瞳でこちらを見る涼に、山吹は威厳をもって言い放った。

「ここで、という言葉は訂正しろ。それは、この場合正しくないだろう」

「どうしてさ?」

「俺はおまえと恋人同士になった以上、仕事でも他の人間とは寝ない。顧客相手のデートクラブや『ラ・フォンティーヌ』でのホストは続けるが、あくまで擬似恋愛止まりだ。それ以上の要求は受け付けないし、するようなお客はこちらで断る。もちろん今までもそうしてきたんだが、ここで改めておまえに宣言する。それが、誠実というものだろう」

「はぁ……まぁ、そうだね……」

「だから、そっちも〝ここで〟ではなく、〝ここでも〟と言うべきだ」

「山吹さん……」

呆気《あっけ》に取られている涼を前に、山吹はやや語調を和《やわ》らげて付け加える。

「……言葉だけでもいいから、そうしておいてくれ。俺だって、おまえが色恋営業を得意としているのはわかってる。たまには、俺に義理立てできない場合もあるだろう。でも、俺は普通の人間だ。恋人が他の人間と寝るのは許せないし、嫉妬だってするさ。ただ、ホストをやっているおまえも好きだからな。あまり、窮屈な思いはさせたくないとも思うんだ」

「あの、押し倒した俺が言うのもなんだけどさ……」

「ん？」

「俺、かなり身持ちは固いよ？　山吹さん、あんたまだまだわかってないね。ギリギリ、ベッドの手前で相手を繋《つな》ぎ止めるのが、腕の見せ所なんじゃないか。俺、枕営業はしないからね。それは、この世界に入った時からずっとだよ。そりゃ、遊びならたまにしてたけど」

再び涼の顔が近づいてきて、続きのセリフが山吹の唇を湿らせた。

「ここでも、どこでも、あんた以外とは寝ない。そうだろ？　やっと手に入れたんだから」

そのまま深く唇が重なり、二人は互いの身体をきつく抱きしめる。熱い舌が絡まり合い、情熱に燃える吐息を混ぜながら、ほとんど息も継がずにゆっくりとベッドへ倒れ込んだ。

初めの時とは違い、山吹が涼を組み敷いた体勢で何度も短いキスをくり返す。そうしながら右手でボタンへ手をかけると、涼が口づけの隙間から小さく笑みを零した。

「いい気分だな……すごく」

「え？」

「山吹さんの素顔が、また見られる。あんた、いい男だからな。間近で見られるなんて、すげぇ特権じゃない？　今まで山吹さんが付き合ってきた女たちに、威張ってやりたい気分だ」

「……おまえ、ベッド以外でもそれくらい可愛いといいんだけどな」

苦笑しながら眼鏡を外し、ベッドサイドのテーブルへ置く。ガラス製のテーブルの下はディスプレイ用のスペースになっており、恐らくは貢がれた物であろうブランドの高級時計が何十点もズラリと見事に並べられていた。

「あ……」

視線を涼へ戻そうとした山吹は、視界の端に見覚えのある時計を見つけて声を上げる。その意味を察したのか、涼がベッドの上に横たわったまま、悪戯が見つかった子どものような口調で「やべぇ」と舌打ちをした。

「おまえ、もしかしてこれ……」

「……そうだよ。ロレックスのデイトナ。あんたが、前に質入れしてた時計だよ」

「どうして……」

「この状況で、それを訊くわけ？　あんた、本当に無粋な男だな」

涼が呆れた顔で反撃してきたので、さすがにそれ以上は追及ができなくなる。だが、いくら「無粋な」山吹でも、涼が質草にした時計を大事に持っていた事実には胸が熱くなった。

あの頃はまだ借金地獄の真最中で、山吹は誰にも言わずにロレックスを当座の生活費に変えてしまったのだが、それにいち早く気づいたのは身内の藍たちではなく涼だった。彼は「角の質屋に時計が出ていた」と皆の前で暴露してしまい、余計なことを……とその時はずいぶんムカついたが、思えばあの一件で山吹の株はけっこう上がったのだ。

そんな風に、涼は常に彼なりのやり方で山吹の努力に光を当ててくれていたのかもしれない。彼がこっそり持っていたデイトナはその象徴のような気がして、山吹は改めて涼を愛しく思った。

「もういいじゃないか、よそ見するなよ」

「ああ……そうだな。悪かった」

照れ隠しに伸ばされた涼の右腕を引き寄せ、同時に自分も上半身を傾ける。濡れた唇をきつく吸い上げ、深くマットレスに相手の身体を沈めると、涼が薄く目を開いて微笑みかけてきた。その微笑に応《こた》えながら、山吹はそっと耳元へ唇を近づける。

「まだ、ちゃんと言ってなかったよな」

「ん……？」

「どうしたって、おまえのことは嫌いになれない……好きだから」

「…………」

「どうした？　何か不満か？」

「畜生、なんか悔しいな」

「……なんでだ？」

「俺の方が、全然年季入ってるのに。なんで、その一言で負けるかなぁ」

勝ち負けじゃないだろうと山吹は笑い出しそうになったが、涼は本気で悔しがっている。

恋愛のプロとしては自分の方が上だという自負があるせいか、どうしても対抗意識が出てしまうらしい。

だが、実際に告白の効き目はかなりなもので、毒づく声そのものがすでに潤んでいる。二人は焦《じ》れる思いを隠すこともなく、お互いの服をもどかしげな手つきで脱がし合った。肌に触れるのは確かに二度目のはずなのに、山吹は初めて涼を抱くような気持ちで、露《あらわ》になった肩や鎖骨に唇を次々と寄せていく。触れる先から色づくのは、その身体が山吹のために開かれている何よりの証だった。

「……ふ……っ」

微かに喉を震わせて、涼の唇から快感の声が漏れる。それを慌てて自分の手で塞ごうとするのを見て、山吹は優しくその手を取った。微熱を帯びた指先に口づけながら、囁《ささや》くように「いいから」と告げる。路上で彼と言い合った際、「声なんて出すな」と文句を言ったのを、涼は律儀にちゃんと覚えているのだ。そのせいで、最初に抱き合った時も限界まで声を殺していたことを、今更ながら切なく思い返した。

「いいから。好きなだけ声を出せ」

「絞め……殺すって……言ったくせ……に……」

「こんな時まで、意地を張るな。また指を腫らすぞ？」

「うる……せ……っ……」

噛んで耐えてしまわないように、先手を打って涼の指に舌を這わせる。爪から下がって手首にまで達した時、とうとう涼が観念したように唇を開いた。

静脈を舌先で辿《たど》りながら、蜜《みつ》の喘ぎを耳で楽しむ。擦れ合う肌が痛いほど敏感になり、山吹は自分の理性がいつまでもつか自信がなくなってきた。女性とは別物の力強くしなやかな動きは、中心に僅《わず》かな刺激を与えただけで一層激しさを増し、手の中で淫らに成長するそれは山吹自身の欲望にまで飛び火する。

やがて涼の両腕が背中に回され、肩甲骨の辺りに必死でしがみついてきた。その感触が情欲の炎をますます昂《たかぶ》らせ、ぴったりと吸いつく肌に互いの汗を混ぜ合っていく。

「……あぁ……山吹さ……っ……ぁ……」

甘く掠《かす》れた声が幾度も名前を呼び、早く一つになりたいと訴え始める。山吹は愛撫の手を休めると、涼が自ら開いた脚の間にゆっくりと身体を割り込ませた。彼の上ずる呼吸に合わせて少しずつ挿入を試みると、短い声と共に背中の指に強く力が入る。驚いて一度身体を引き、労《いたわ》るように包帯にかかる前髪を優しく撫でてみた。

「大丈夫か、涼？　辛いなら……」

「いい……から、気に……すんな……これくらい、しょうがない……だろ……」

「え？」

「バカ……だ……な。痛みが……怖くて、女役……なんかできる……かっ」

「………」

この状況でそこまで潔くされたら、山吹としても遠慮せず先へ進むしかない。だが、涼を食い尽くしたいという欲望と彼の身体を気遣う気持ちとの狭間《はざま》で、さすがに戸惑いは禁じえなかった。

「さっさと……来いってば……」

次の瞬間、焦れた涼が汗ばむ背中を強引に引き寄せる。首筋に降りかかる潤んだため息に理性を飛ばされ、そのまま一気に涼に向かって突き上げた。

「ああっ……ぁ……あ……ああっ」

「……涼……好きだ……涼……っ……」

目の眩《くら》むような快感が全身を走り、律動に揺れる身体が綺麗にしなる。溢れる音色は絶え間なく部屋中を満たし、涼はただ必死に山吹を受け入れ、その動きが誘導するままに絶頂まで駆け昇った。

「涼……――」

一際激しく突き上げた直後、続けて山吹も情熱を解放する。脱力する二人の身体は、それでも足りないとばかりに重なり合い、どちらからともなく深い吐息が交わされた。

カーテン越しの空はすっかり暮れ、宵闇《よいやみ》が世界を包み始める。

涼と一緒にアッパーシーツにくるまり、しばらく気だるい余韻に浸っていた山吹は、ふとサイドテーブルに置いた腕時計を見るなり顔色を変えて起き上がった。

「まずい！　もうすぐ開店時間じゃないか！」

「ああ……そっか。そっちは七時開店なんだっけ。シャワー浴びるなら、廊下出た突き当たりがバスルームだよ」

「……おまえなぁ……。なんだ、その変わり身の早さは。さっきまではもっと……」

「仕事ではライバル。ま、まだまだ俺に張り合うなんて百年早いけどな？」

羽根枕に半分顔を埋《うず》めながら、涼は楽しそうに山吹を見返してくる。山吹は手早く脱ぎ捨てた服を身につけると、とりあえず眼鏡をかけ直してから口を開いた。

「言ってろ。いずれ五十年になるさ」

エピローグ

真夜中のいつもの喧噪《けんそう》に、少し飽きてきたら。

少々面倒でも、繁華街の外れにまで足を運んでみるのがお勧めだ。そこには目を疑うような荒れ果てた一軒家があり、昔懐かしい引き戸の右脇に『ラ・フォンティーヌ』という場違いなほどぴかぴかな表札がかけられている。扉を開くのには多少の勇気が必要かもしれないが、その後はきっと訪れた者を笑顔にさせてくれる至福のひとときが味わえるだろう。

「いらっしゃいませ」

一歩店内へ足を踏み入れると、ボロ家にはひどく不似合いな青年がまず出迎えてくれる。見惚《みと》れるほど綺麗に整った顔と、ほんの少しだけ意味深な瞳。彼は極上の微笑を浮かべて、「こんばんは、俺の名前は碧です」とにこやかに自己紹介をするはずだ。

続けて店の奥から、なんとも微笑ましいやり取りが聞こえてくる。どうやらそちらは厨房のようで、無礼を承知でそっと覗いてみれば、愛らしい顔立ちの少年がボウルを抱えて泡立て器を振り回しているのが目に入るだろう。どんなに必死な形相《ぎょうそう》をしていても黒目がちの大きな目は愛敬《あいきょう》に溢れており、口許は拗ねたヌイグルミのようなへの字に曲がっていて緊張感の欠片もない。

「だからなぁ、もっと全体を切るようにさくさくっと……」

「う……うん。だけど、おかしいよね。さっきから全然クリームが固まらないよ?」

「諦《あきら》めんなよ、藍。料理は愛情と忍耐だ。事実、俺はおまえと付き合うようになってから、だいぶ料理の腕が上がったんだからよ。ほら、手を休めるなっ。油断大敵だぞっ」

「……龍二さん。ハンドミキサー買おうよぉ」

なるほど、この子が恋人なら確かに愛情と忍耐は不可欠だ。納得しつつ店へ戻ると、見計らったように右手を優雅に取られた。傍らに立ったのは、眼鏡の奥の瞳を理知的に光らせた端整な顔立ちの男性だ。上等な仕立てのスーツを見事に着こなし、彼は柔らかな声音で「山吹といいます。どうぞよろしく」と挨拶《あいさつ》をしてくる。思わずうっとりしながらテーブルまで案内されていくと、最後にそこで待っていたのは軽やかな空気を纏った一人の少年だった。

「はじめまして……だよね? じゃあ、俺のことは紺って呼んで」

屈託なく笑いかける彼は、あどけなさの中にも未成熟な男の色気を孕《はら》んでおり、仄《ほの》かな自信を漂わせた表情はすでに「いい男予備軍」と呼んでも差し支えがないほどだ。役者めいた雰囲気と妙に女心をそそる笑顔には、彼の仕事を天職と唸《うな》らせるものがあった。

そう——ここは一風変わったホストクラブ。

常連になったら、不幸すら手なずけることができる……ともっぱらの噂。

「それにしても、ふざけた客層だよなぁ」

「ふざけてるのは、おまえだ。なんで、中に入らないんだ。……ったく、今夜は新規の客が多いっていうのに、わざわざ中抜けさせるとは」

「でも、その新規って全部こっちの客じゃん。あいつら、紺と俺を天秤《てんびん》にかけてやがる。ほんと、油断してられないよ。俺も、ちょっと本気出して頑張るかな」

「……頑張らなくていい」

ボソッと呟かれた言葉に、涼はわざと「え？」と訊き返す。山吹は苦虫を噛み潰《つぶ》したような顔で、半ばヤケクソ気味にもう一度口を開いた。

「だから、おまえはそう頑張らなくていい。これ以上、モテたって仕方ないだろう」

「いや、商売だから……。なんだ、山吹さん妬《や》いてるんだ？　マジで？」

「うるさいっ」

頭に来て怒鳴りつけると、涼の笑顔が一層濃くなっていく。真夜中の寒空の下、出勤前の涼が山吹をこっそりと呼び出し、二人は『ラ・フォンティーヌ』の前で束《つか》の間の逢瀬《おうせ》を楽しんでいるのだった。

「まぁまぁ、そう怒るなって。来週のクリスマス、プレゼント奮発するからさ」

「奮発？」

「どうせ、その日はお互い夜から朝まで仕事だろ。その分、プレゼントくらい気合い入れてやるって言ってんだよ。だから、感謝しろって」

「そんな風な言われ方をして、喜ぶ人間がどこにいるんだ……」

「じゃ、オマケも先払いしておく」

そう言うなり、涼は素早く山吹の唇に自分の唇を重ねてくる。白い吐息が夜気に絡まり、凍《こご》えた身体は一瞬真冬の気温を忘れて熱くなった。

「なっ……涼っ」

「なんだよ。こういう真似、店内じゃできないだろ？　だから呼び出したんだよ？」

「まぁ、それは……いや、そういう問題じゃない。男二人が夜中にコソコソだな……」

「だって、仕方ないじゃないか。夜中なのは俺たちが元気な時間だからだし、コソコソしてるのは皆には内緒で付き合っているせいなんだから」

「……なんだか、おまえの説明を聞いていると清潔感ゼロだな、俺たちは」

ウンザリした声を出す山吹に、まぁまぁとなだめるように涼が背中をポンポンと叩く。とりあえず互いの気持ちだけは確認しあい、めでたく恋人同士となった二人だったが、あまりに接点がなさすぎて当人たちですらまだ半信半疑な有様だ。しかし、山吹にずっと片思いしていた涼にはそれが不服らしく、こうしてマメに通ってきては、キスの不意打ちを楽しんでいるのだった。

「でも、ホスト同士で付き合うなんて、一ヵ月もったらギネスもんじゃない？」

「やっぱり、そうなのか？」

「そりゃ、そうだよ。女の子と付き合ったって、ヤキモチ妬かれたり、お客とケンカされたりでろくに続かないんだから。こっちは、女の子喜ばせてナンボの仕事なのにさ」

「………」

「だけどさ、あんたも俺も腹は括《くく》ってるわけだろ？　この街で生きて、自分の仕事に誇りを持っていくって。そうしたら、後は……どれだけ相手を信用できるか、だよな……？」

「その点なら、俺には自信があるぞ」

瞬《また》くネオンの色に瞳を染めながら、山吹は気負わずあっさりと答える。

「涼は、俺にしか見せない顔を持っている。俺は、自分しか知らない声を聞いているし、おまえが何を欲しがっているかもわかっている。だから、まぁ……涼にとっての俺は替えがきかないだろう」

「自惚《うぬぼ》れてるなぁ」

感心したように笑って呟き、「でも、当たってるよ」と彼は素直に告白した。どれだけ多くの女性と関わっても、山吹一人を想う気持ちには勝てなかった。まるで望みのなかった時からそうなのだから、手に入れた今ならきっと無敵だろう。

「なんか、こんなの俺のキャラじゃないから言わないけどね」

「なんのことだ？」

「別に。寒いなぁって言っただけ」

「お……おいっ」

今夜はあまり人通りがないのをいいことに、涼はぴったりと身体を寄せてくる。しかし、引き戸一枚隔てた向こうに身内がいるかと思うと、山吹の方は気が気じゃなかった。涼が絡めてくる腕を無下に振り払うわけにはいかないし、誰か出てきたらどうするんだと心は逸《はや》るしで、まったく落ち着かない。困ったものだと内心憂えていると、堪《こら》え切れなくなった涼が声を上げて笑い出した。

「山吹さんって、やっぱ最高だな。俺、あんたを好きになってよかったよ」

「何がおかしいんだっ。さては、おまえわざと……」

「もう、すげぇソワソワしちゃってさ。しかめ面なくせに、ちょっと嬉しそうだったりもするし。あんたって、なんでそんなに俺のツボなんだろう。いちいちグッとくるんだよなぁ」

「笑いながら言われても、嬉しくもなんともないぞっ。だから、俺は……」

「おまえが嫌いなんだ、じゃないのかよ？」

セリフの最後を横取りされて、山吹だけでなく涼までがギョッとして身体を硬直させる。そんな二人を呆れ顔で見つめながら、紺が引き戸を開けて表に姿を現した。

「あ、いや、紺。あの、これはだな……」

「どう見ても、いちゃついてる構図だよな。大の男二人が往来でさ」

「…………」

「言っておくけど、俺、藍の時みたいに賛成してやらないぜ？」

「紺……」

薄々気づいていたのかもしれないが、はっきり恋人と宣言したわけではないので、紺の胸中は複雑だろう。病院で「先に帰っていてくれ」と山吹が言った時も、やっぱり彼は同じ表情を見せていた。

「あのさ、紺……」

とりあえずこの場を収めようと、涼が急いで口を開きかける。けれど、紺は黙って首を振ると、山吹を正面から見据えて言い放った。

「兄ちゃん、俺に涼さんとのこと認めさせたい？」

「……できれば」

「そっか。でも、その様子じゃ涼さんとの賭けはなし崩しになったんだよな？　それなら、今度は俺と賭けをしようぜ。俺さ、今どんどん指名客増えてるし。かなり調子が出てきてるんだ」

「ああ、そうみたいだな。さっきの客も、おまえ目当てだったようだし」

山吹は、さして深く考えずに同意する。実際、最近の紺は接客にますます磨きがかかってきているのだ。これなら、『ラ・フォンティーヌ』の未来は充分に明るいと思えるほどに。

そんな呑気な兄を不敵な眼差しで見つめ、紺はゆっくりと唇を動かす。

「もし……」

「え？」

「もし一晩でも、兄ちゃんが俺の個人売り上げを抜けたら……」

「紺……」

「認めてやる。涼さんは、兄ちゃんに譲ってやるよ」

「――ちょっと待て」

紺の物言いに不穏な空気を感じた山吹は、まさかと思いながら弟を見返した。

嫌な予感に支配され、真実を確かめるのも恐ろしい。だが、すでに紺とのやり取りは涼にも聞かれてしまっている。今更知らん顔で通すのは、残念だが手遅れだろう。

「賭けの前に確認したいんだが……譲ってやるとは、どういう意味だ？」

「そのまんまだよ。兄ちゃんが俺に勝てるまで、涼さんに関しては俺も参戦する。負けたら、その後一切邪魔はしないよ。いいだろ、別に。兄ちゃんが腰を据えて、ホスト業頑張れば済むだけの話なんだから。なぁ、涼さん？」

「うん、面白いかもな」

あろうことか、目を白黒させている山吹の隣で、涼まで乗り気になっている。彼はいつもの愛想のいい笑顔を浮かべると、楽しそうに両腕を組んだ。

「一生に一度くらい、男に争われるのもいい気がしてきた。いいよ、どっちも頑張んなよ」

「涼っ、おまえなぁっ」

「ただし、その賭けには俺も乗る。俺が勝ち続けている限り、山吹は俺のもんだ。いいな？」

「…………」

今度は、紺が目を白黒させる番だった。山吹はプライドずたずたで、その上どさくさ紛れに呼び捨てにまでされて、もはや口を挟む気力もない。紺がどの程度の気持ちでそんな賭けを持ち出したのかは不明だったが、少なくともこれで地域的ホスト戦争が勃発《ぼっぱつ》したのは間違いなかった。

おまけに、どの場合でも勝者が手にするのは——男性だ。

「いいんだろうか、それで……。いや、まずいだろう……？」

さっきまでの甘い気分はどこへやら、山吹は暗たんたる気分に襲われる。

真剣に悩む山吹をよそに、涼と紺は顔を見合わせると弾けるように笑い出した。

夜明けのサンタクロース

「だからさぁ、クリスマスってのは札束が舞う日なわけだろ？」

「その解釈は俺と大いにズレるが、まぁ同業者としたら妥当な意見だな」

「じゃあ、山吹《やまぶき》さんだってわかるだろう。なんで、そんな大事な日に臨時休業するんだよ」

「……やれやれ。内容がループしてるな。だから、さっきから言ってるじゃないか」

山吹は中指で眼鏡《めがね》を押し上げると、これみよがしなため息をついて涼《りょう》を見た。

「うちの常連は、そのほとんどが普通の奥様やお嬢様だ。風俗や水商売の女性がメインのそっちと違って、クリスマスは逆に個人的な予定やパーティでいっぱいな人たちなんだよ。そんな日に終夜営業したところで、さして売り上げが見込めるわけじゃない。おまけに……」

「おまけに？」

「藍《あい》と龍二《りゅうじ》は二人で過ごしたいだろうし、紺《こん》は試験勉強で浮かれる気分でもないし、碧《みどり》はマイペースな人間だから、イベントではしゃいだりはしない。お客が来なくてホストにやる気がないなら、要するに開店する意味がないんだ」

「そんな……そんなの、ありかよ……」

コートの襟元《えりもと》にあしらわれた毛皮に顔半分を埋《うず》めて、涼は脱力したように背もたれへ沈み込む。クリスマスを二日後に控えた午後、物好きにも寒風吹きすさぶオープンテラスで待ち合わせた二人は、先刻から同じ会話を何度もくり返しているのだった。

山吹が『ラ・フォンティーヌ』はクリスマス営業をしない、と言い出したのはつい昨日のことだ。通常、客商売にとってこの時期は大金が動く稼ぎ時で、特にホストクラブに勤める涼たちにとっては誕生日と並んで個人売り上げをグンと上げるチャンスでもある。だからこそ、せっかく山吹と恋人同士になっても甘く過ごしてなどいられないと割り切っていたのだが、肝心の相手がヒマだとなればその心中はやはり複雑なようだった。

「なんだよ……先週までは、紺と二人してやたら張り切ってたくせに」

「仕方がないだろう。あれから皆で相談した結果、そういう結論に至ったんだから」

「個人売り上げを争うって、あの話はどうなったんだよ」

「うちの店は、むしろ普通の日の方がはやるんだ。イベント絡みだと、どうしても華やかな他店には負ける。だから、また別の機会に勝負するさ。紺も、それで納得してるんだし」

「………………」

ふて腐れる涼を尻目《しりめ》に、山吹は至ってクールなものだ。運ばれたカフェオレを澄ました顔で味わうと、傍らの恋人を「コーヒーが冷めるぞ」と甚《はなは》だ色気のない言葉でまたがっかりさせた。

しかし、涼が「信じられない」と呆《あき》れるのはもっともな話ではある。『ラ・フォンティーヌ』の面々だって、最初はクリスマスイベントに向けてあれこれ計画を練っていたのだ。だが、店に通ってくる数少ない水商売系のユリカが、イブとクリスマス当日は街中のホストクラブがそれぞれ趣向を凝らしたイベントを企画して決して顧客を離さない、もともと常連客の少ないこの店では閑古鳥《かんこどり》が鳴くのではないか、と忠告をしてくれたのだった。

「……ったく、あんたらは相変わらず優雅というか呑気というか」

「その代わり、今夜は少し早めのイベントをやるぞ。店内の飾り付けは藍と碧でやっているし、龍二は店で出す特製クリスマスケーキを制作中だ。いわゆる、イブイブってヤツだな」

「無理して、そういう言葉使うなよ。似合ってないから」

「そ、そうか?」

「大体、俺には関係ないし。『ミネルヴァ』は、連日パーティだからね。あのさ、今月に入ってからの俺の個人売り上げ、どれくらいいったかわかってる?」

冷め切ったコーヒーには見向きもせず、涼は両腕を組みながらやや挑戦的に言った。

「個人売り上げか……そうだな……」

「六百万だよ、六百万っ！　これが俺の誕生月なら、そろそろ一千万はいってる頃だよ」

「誕生月……。そういえば、おまえ誕生日いつだった?」

「あのな、それよか数字の方に驚けよっ。これだから、元ブルジョワは……。山吹さん、わかってんのかな。あんたがヒマで俺が忙しくて、そういうのって虚《むな》しくならないか?」

「虚しい……か?」

ズイ……ときつい眼差《まなざ》しで詰め寄られ、山吹はたちまち返答に困る。涼の言う「虚しい」とは、自分の方が稼いでいるんだぞという意味なのだろうか。しかし、そんなのは今更だし、自分たちは夫婦でもないから「男の沽券《こけん》が」とか言い出すのもおかしな気がする。

いつまでも面食らったままの山吹に、涼はすぐさま身体《からだ》を引いて頭を振った。

「……もういい。あんたの顔見てると、どんなくだらないこと考えてるかは想像つくよ」

「涼、おまえなぁ……」

「俺が言ってるのは、こっちが商売でドンペリをガンガン空けてる時に、あんたは何してるつもりかってことだよ。さすがに、俺だってこの時期は毎晩十一時から出勤してんだぞ。お陰で、午後にこうして外出するのだって眠いのなんのって……」

「おい、そっちこそ話がズレてるぞ」

「うるさいな、寝不足のせいだよ」

山吹のツッコミで二人はしばし睨み合い、たちまち険悪な空気が生まれる。

だが、基本的に涼はあまり怒りを持続させない。持って生まれた性格か、あるいは客商売で鍛えた処世術なのか、ともかくホッと息をつくとあっさり文句をつけるのを諦《あきら》めたようだ。すぐに眉間《みけん》の皺が取れ、次にはやれやれと言わんばかりの表情になった。

「気まぐれな奴だな……。一体、何がそんなに気に入らなかったんだ」

「別に。もういいよ、クリスマスの話は。俺たち、清潔感ゼロのカップルだもんな？　今更、イベントでいちいち大騒ぎする年でもなし。ま、せいぜい俺は頑張って稼ぐとするよ」

「…………」

まだ付き合い出して数週間ということもあり、山吹は涼の変わり身の早さには毎回かなり戸惑わされる。本気で怒っているならフォローしようと思うのに、次の瞬間にはもう何もなかったような顔をしているのだ。その度《たび》にムッとしたりホッとしたり、まったく気の休まるヒマがない。

「あのさ、山吹さん?」

「な……なんだ?」

「あんた、プレゼント何が欲しい?」

「……今さっき、イベントで大騒ぎする年じゃないとかなんとか言わなかったか?」

「あれ、そんなこと言ったっけ?」

呆気《あっけ》に取られている山吹を、涼はからかいを含んだ目で陽気に見つめ返した。


それはねぇ、と碧がくすくす笑いながら口を開く。

「山吹がフリーのクリスマスをどう過ごすのか、やっぱり気にしているんだよ」

「だったら、さっさとそう尋ねればいいじゃないか。遠回しにあれこれ言うから、こっちは振り回されて大変だ。大体、プレゼントがどうとか話されても、向こうが忙しくて会えないわけだし」

「それなら、山吹が出向いてあげればいいだけじゃない」

「お、俺が？」

思いがけない提案に一瞬顔色を変えた山吹だったが、その直後（もしや……）と嫌な予感に襲われた。一日限りのクリスマスイベントのためにツリーの飾り付けをしていた碧は、そんな山吹の狼狽《うろた》えぶりを見て、ますますその笑みを深くする。

「相手は涼くんなんでしょ？　プレゼント抱えて『ミネルヴァ』に行けば？」

「み、碧っ、おまえ、なんでそれを……っ」

「なんでって……」

ツリーの天辺につける星を両手で持ったまま、碧はごく当たり前の顔で問い返してきた。

「今の話、涼くんとのデートで出たんでしょ？　違うの？」

「いや、だから、どうして相手が涼だと……」

「彼が、山吹の恋人だからじゃない。そんなの、皆とっくに知ってるよ」

「…………」

紺以外には怪しまれないよう必死で取り繕ってきた山吹は、今の一言に衝撃を受ける。譬《たと》えるなら、碧の手の中にある星が脳天を直撃したかのようなショックだ。

皆ということはもちろん藍も龍二も、という意味だろう。おまけに、碧の顔つきは「何を今更」とでも言わんばかりだ。それなら、ここ数週間の自分の努力――真冬の寒空にわざわざ店の外まで出て逢引《あいびき》を重ねた行為――は全《すべ》て無駄だったというわけだ。

「あ、もしかしてバレてるって思わなかったの？」

あくまで無邪気に碧は微笑《ほほえ》み、再び飾り付けに戻りながら言った。

「山吹って、本当に面白いよねぇ。ま、そういう的外れに実直なとこが憎めない要素でもあるんだけど。引き抜きの件を断ったのにエステの女社長が笑って許してくれたのも、君のそういうところが功を奏したんじゃない？」

「り……里帆《りほ》さんには、俺なりに礼を尽くしてだな……」

「良かったじゃないか。顧客としては、残ってくれたんだから」

「それは、そうだが。でもな……」

「ただいまぁ。外はすっごく寒いよ〜」

会話の途中で、藍と龍二が賑《にぎ》やかに店へ帰ってくる。ケーキの仕込みが済んだので、二人は今夜のための買い出しに出かけていたのだ。碧は複雑な表情で黙り込む山吹を無視すると、早速彼らの元へと走り寄った。

「藍も龍二さんも聞いてよ。山吹ったら、涼さんとの仲を隠してるつもりだったらしいよ」

「え……あれで？」

ストレートに驚く龍二の言葉に、更に落ち込みが深くなる。隣で藍が不思議そうに首を傾《かし》げながら、「だって、毎晩のようにお店の外で話してるのに……」と呟いた。

「僕、一回は二人がキスしてるのだって見たことがあるよ。ほら、ここって真夜中の方がネオンで明るいじゃない？　だから、仲が良くていいなぁって……」

「えっ、藍。それ本当？　その割には騒がなかったよね？」

「だって、恋人同士なら当たり前のことだし。二人とも大人って感じで、お似合いだったよ」

「そっか……考えてみれば、俺たちの中じゃ藍が一番やることやってるんだっけ」

冷静なコメントに碧が感心してみせると、藍はパッと顔を赤くして急いで龍二と繋《つな》いでいた手を離そうとした。だが、龍二の方はそれを許さず、余計にギュッと強く握り返して澄ましている。それを見た山吹はいつものように激しくムッとしたが、もう自分は怒れる立場にはないのだと、かろうじて怒鳴りつけるのを我慢した。

狭いボロ家でも大きめのツリーを中央に据え、テーブルに揃《そろ》いの白いテーブルクロスと赤い薔薇《ばら》の一輪挿しを飾っていけば、それなりになんとか絵になるものだ。碧のアイディアで、天井には安く買ってきた一枚布を大小のドレープをつけながら留めてみた。お陰で藍は「サーカス小屋みたいだね」と微妙な感想を言いつつ喜んでいる。後は、紺がセレクトしたBGMを用意してお客が来るのを待つだけだ。

もっとも、今晩は特別な夜だったので来る相手は限られていたが。

「ユリカさんとアクビちゃん、早く来るといいね」

よそゆきに着替えを済ませた藍が、待ち兼ねたように引き戸を見つめる。

自分たちがこの『ラ・フォンティーヌ』を開店した時から、ずっと通い続けて来てくれたキャバクラ嬢のユリカは、イブ前日の今夜だけがお休みだ。彼女は長いこと男運が悪く、この一年は拾った猫と淋《さび》しい同居生活を続けているのだが、今日は貸し切りでユリカをもてなそうというのがこのパーティの密《ひそ》かな趣旨だった。

「だって、他に一人もお客が来なかった時代から励まし続けてくれたのって、ユリカさんと涼さんだけだもんね。だから、ほんとは涼さんも招待したかったんだけど……」

「まぁ、涼くんの場合は冷やかすだけで、お金を落としてくれたわけじゃないんだけど。そうだよねぇ、山吹？　いつもそれで怒ってたじゃない。男が遊びに来るとこじゃないってさ」

「う……うるさいな、碧っ。ほら、紺。涼はおまえの師匠だろう、なんか言ってやれっ」

「そんで、兄ちゃんは涼さんへのプレゼントに何をあげるのさ？」

唐突に違う話題を返されて、山吹は顔を強張《こわば》らせる。涼との仲がバレバレだと知ってから、顔の筋肉が引きつったまま固定されてしまいそうだ。

思えば、最後に恋人へクリスマスプレゼントを用意したのは一体いつだっただろう。

山吹は女性に不自由をしたことはなかったが、常に仕事優先で生きてきたので付き合った数もそんなに多い方ではない。特に、美鳥《みどり》物産の社長令嬢と婚約が成立した後は、傾いた会社の立て直しに奔走していたため恋愛どころではなかった。そうなると、恐らくは彼女に贈った婚約指輪が最後のクリスマスプレゼントということになる。海堂寺家が破産した途端、婚約も一方的に破棄され、返された指輪はあっという間に生活費へと姿を変えてしまっていた。

「嫌なことを思い出してしまった……」

「兄ちゃん？　なんだよ、顔が暗いぜ？」

「あ！　あのね、僕は龍二さんと明日から温泉へ行くんだ。お互いに相手の旅館代と交通費を出してあげて、それをクリスマスのプレゼントってことに……」

「……藍。それ、単なる割り勘って言わないか？」

「気持ちの問題だから、いいんだよっ」

紺の鋭い指摘に頰《ほお》を膨らませ、藍は「そうだよね？」と傍らの龍二を見上げる。この二人に関しては茶々を入れても虚しいだけなので、紺もそれ以上は突っ込もうとはしなかった。

「ねぇねぇ、今日は表に貸し切りってあるけどどうしたの？」

タイミング良くガラリと引き戸が開き、短いミンクの毛皮を羽織ったユリカが店へ入ってくる。その胸元には、気持ちよさそうに目を閉じている小柄な黒猫が抱かれていた。

「アクビちゃん、ユリカさん、いらっしゃい！」

「こんばんは、藍ちゃん。それにしても、今日は華やかねぇ。なんだか、いつものお店とは思えないわ。もろ、クリスマスって感じじゃない。藍ちゃんのリクエストだからアクビを連れてきたんだけど、いいのかなぁ。他のお客さんに迷惑かもよ？」

「大丈夫。今夜は僕たちとユリカさんだけだから。それに、アクビちゃんは知らない場所でもユリカさんとミンクがあれば平気なんでしょう？」

「うん、この子は図太いからね。でも、なんでお客があたしだけなの？　ここ明日から二連休なのに、そんな悠長な真似《まね》してて大丈夫？」

何も知らされていなかったユリカは、おずおずと遠慮がちに尋ねてくる。

それを聞いた海堂寺家の四人プラス龍二は、互いに顔を見合わせると笑顔で声を揃えた。

「ちょっと早いけど、メリークリスマス、ユリカさん！」


男で貢がれ慣れていて、おまけに少し特別な存在。

そんな相手に、一体何をプレゼントしたら喜ばれるというのだろう。

「あれ？　山吹ってば、まだお店に残ってるつもり？」

「ああ……後の片付けは俺がやっておくから、碧ももう寝ていいぞ。おまえ、明日の夕方から泊まりがけで出かけるんだろう？　確か、和貴《わき》家が持っている鎌倉の別邸に招待されてるんだったな」

「……仕事だよ。大方、クリスマスパーティの彩りにでもされるんじゃない？」

「おまえは、性格はともかく顔だけは綺麗《きれい》だからな」

「何、それ」

おかしそうに笑いながら言い返すと、パジャマ姿の碧は盛り上がったパーティの名残りを惜しむように、ぐるりと薄暗い店内を見回した。

「なんだか、こうしてると海堂寺の家で過ごしていた時間の方が夢だったみたいだね」

「……そうだな。人間ってのは、本当に順応が早いよ。あの箱入りだった藍ですら、今では目玉焼きくらい作れるんだからな。お湯も沸かせなかった人間が、よくまぁ……」

「山吹だって、相当変わったよ。もっとも、それは環境のせいじゃないと思うけど」

意味深なセリフを呟いて、碧は小さなため息をつく。

「知ってる？　最近、山吹の店での評判かなりいいんだよ。大人の優雅さに加えて、目許《めもと》が優しくなったって。女性は敏感だよねぇ。小手先のお愛想じゃ、なかなか騙《だま》されない」

「それは知らなかったな……俺は、普段と変わりなくしているつもりなのに……」

「要するに、それだけ涼くんが好きなんだよね」

「え……」

「理由なんて、それしかないじゃないか。不思議だよね。山吹と涼くんって、本当に百八十度違うじゃない。藍と龍二さんには惹《ひ》かれ合うものがあるってなんとなく納得がいくんだけど、君たち二人の場合は……なんていうのかな……よくぞ、お互いが目に入ったって感じ？」

「………」

それは山吹自身も常々思っていることなので、言いえて妙だと思わず頷いてしまった。

確かに、涼はずっと自分を好きだったと告白してくれたし、その気持ちを疑ったことは一度もない。けれど、彼との逢瀬を重ねる度に感じるのは日々深まっていく愛《いと》しさと、そんな自分への違和感だった。今の山吹は涼の考えていることがある程度は読めるようになっているが、基本的に理解しがたいところも多い。それは、恐らく向こうも同じはずだ。

それなのに、どうしてこんなに彼が好きなんだろう。

今だって、本当は無駄とわかっていて涼を待っている。遅い出勤の彼は、行きがけに閉店したばかりの『ラ・フォンティーヌ』へ寄ることもあるし、仕事を中抜けして十分だけ山吹を呼び出す場合もあるからだ。今日の午後、死ぬほど忙しいと本人の口から聞いたばかりなのに、つい儚《はかな》い期待を抱《いだ》いてあの生意気な顔を見たくなってしまう自分が謎《なぞ》だった。

「紺が表向きは反対しているのも、変わった山吹に戸惑ってるせいじゃない？」

「本当にそう思うか？　あいつ、涼に気があるようなこと言ってたぞ」

「へぇ……じゃ、そうなのかな。さすがに、俺にもそこまではねぇ。ただ、藍に続いて山吹が男とくっついたとなれば、彼は意地でも女の子と付き合うんじゃないかと思うんだけどな。俺だって吃驚《びっくり》したんだから」

少しも驚いた様子はなかったが、碧は大真面目《おおまじめ》な口調でそんな風に答える。

「いい加減、こんな格好で立ち話してたら風邪ひいちゃうな。じゃあ、おやすみ山吹」

「ああ、おやすみ」

「涼くんが来たら、よろしく言っておいて」

最後に何もかもお見通しのセリフを残して、碧は奥へと消えていった。

結局、涼はその夜に訪ねては来なかった。

何故《なぜ》ならば、彼が山吹の携帯に電話を入れてきたのは明け方の五時すぎだったからだ。ユリカが大感激したクリスマスパーティの後片付けが思ったより長引き、ようやく寝ようかと思った矢先に鳴った呼び出し音だった。

『あ、山吹さん。ごめん、もしかして寝てた？』

「いや……これから寝ようとしてたところだ。そっちは、今終わったのか？」

『うん。まだ客は残ってるんだけど、俺の担当は帰ったから。……あのさ』

「なんだ?」

『今から、俺のマンション来ない? 今日と明日は休みなんだろ?』

「おい、おまえ酔ってんのか?」

あまりに唐突で意外な申し出に、山吹はつい野暮《やぼ》な質問を返してしまう。涼はあからさまにムッとしたらしく、しばらく電話口で黙り込んでしまった。

失敗したな、とは思ったものの、こちらが一方的に都合を合わせるのもなんだか癪《しゃく》に障る。それに、これからマンションで一緒に過ごしたとしても仕事上がりの涼は疲れているだろうし、ろくな会話もできないに違いない。おまけに、向こうは仕事があるので夜は山吹一人が広い部屋で留守番していなくてはならないのだ。そんなのは、あまり気が進まなかった。

『……なんで黙ってんだよ』

とうとう痺《しび》れを切らしたのか、先に涼から文句をつけてくる。咄嗟《とっさ》に「酔ったのか」と訊《き》いてしまったが、ホストは酔い過ぎないように高級シャンパンさえジュースで割ることもある。それに涼はかなりアルコールに強いようで、飲んで乱れたところを見せたことはなかった。今も声はしっかりしているし、酔って絡んでいるわけでもなさそうだ。強《し》いてあげるなら、ここ最近の特徴として、いくぶん語尾に拗《す》ねた響きを残している。聞いていた山吹は、ふと涼のこういう声が聞きたくてわざと怒らせているんだろうか、と自分に思わず問いかけてしまった。

『あのさぁ、山吹さん。聞いてんの？』

「聞いているさ。ともかく、休みをおまえのマンションで過ごすつもりはない。どのみち、数時間も一緒にいられないだろう？　二人でゆっくりするなら、クリスマス後でも……」

『あんた、全然わかってないな』

ぶ然とした調子で遮られ、いきなり途中で電話が切れる。なんなんだ……と面食らっていたら、十分ほどして引き戸の方が突然ガタガタと鳴った。

「……ったく、なんでかけ直して来ないかなぁ？」

「涼……」

「おはよう。しょうがないから、こっちから来てやったよ」

普段の半分も愛想のない顔だったが、僅《わず》かに息が弾んでいるところをみると、店から走ってきたのに違いない。山吹はなんだか胸が詰まり、少年のように感動してしまった。

「なんだよ、気味が悪いな。そうやって黙って笑ってんなよ」

決まりが悪いのも手伝ってか、日頃の彼らしくなくストレートな憎まれ口が続く。涼は深深と息をつくと、着ていたグッチのコートとマフラーを暑そうに脱ぎ始めた。

「そういう姿を見ていると、おまえが事故に遭った時のことを思い出すな」

「え？」

「あの時のコートはプラダだったが、俺がマンションまで送っていったじゃないか」

「送ったっていうか……強引についてきたんだろ。紺に一万円札握らせてさ」

話しながら、彼はカウンターにいる山吹の隣へ腰を下ろす。基本的に薄着の多い涼は、コートの下はイタリア製の赤い格子柄のシャツと同ブランドの黒いウールパンツというあっさりとした組み合わせだった。胸元や指を飾る銀のアクセサリー類やピアスは相変わらず派手だが、着る服の傾向もほんの少しだけ変わってきた気がする。何を着ても似合うとは思うが、もちろん山吹はなるべくシンプルな格好の方が好きだった。

「コーヒーでも飲むか？」

「構わなくていいよ。今飲んだら、眠れなくなる。今夜と明日はハードだからね、テンション上げて乗り切らないと。俺、もうすぐ一千万の大台だぜ？」

「頑張ってるんだな。でも、寝る前のコーヒーはむしろ寝つきを良くするんだぞ。緑茶や紅茶に比べればずっと……」

「それよか、セックスの一回でもした方がぐっすりじゃん」

「…………」

カウンターに片肘《かたひじ》をつき、探るような目で涼がこちらを見る。

「だから、速攻で電話したのに。山吹さん、全然わかってないんだもんな。まさか、音が筒抜けのこの店であんたを押し倒すわけにはいかないだろ？」

「……そういう意味だったのか……」

「なんだよ。俺が、クリスマスの間中ヒマなあんたを拘束《こうそく》するとでも思った？」

唇の片端を皮肉っぽく上げて、涼はからかうように薄く笑った。口調は元気でも相当疲れているらしく、表情に微《かす》かな翳《かげ》りが見える。そこが妙に色っぽくて、見ていた山吹は段々落ち着かない気分になってきてしまった。涼も微笑を唇に刻んだまま、しどけない沈黙を守っている。そういう駆け引きは、プロだけあってさすがに上手《うま》かった。

気がつけば、山吹の右手が涼の頰にかかっている。手のひらで包み込む肌はちょうど心地好《よ》い温度になっていて、このまま抱いたらさぞかし気持ちがいいだろうと思われた。

「本当は……」

頰を山吹に預けながら、涼の表情が不意に変わる。

「ものすごく気になる。あんたが、一人でクリスマスを過ごすなんて」

「涼……」

「いい年した男が、とか笑うなよな。でも、世間のイベントって俺には単なる稼ぎ時でしかなかったからさ。そうじゃないクリスマスなんて……つまり、生まれて初めてなんだ」

「…………」

「山吹さんは、今までずっとまともに恋人と過ごしてきたんだろう？　なんだか、俺はやっぱり異色な恋人だよな。まぁ、男だって時点で何もかもアウトなんだけど」

「おまえの言う〝まとも〟って、プレゼントにブランド品贈って一流レストランでディナーして、夜はホテルのスイートに一泊か？　ずいぶん手垢《てあか》にまみれた〝まとも〟だな」

「茶化すなよ。ただ一緒にいるだけでも充分じゃないか」

「ただ一緒に……か？」

「それだって、俺にはできないからね」

自分でも、気恥ずかしいセリフだと思っているのだろう。目線を落とした涼の顔は、いつもより少しだけ気弱に見えた。山吹がこういう表情に弱いのは知られているので、あるいはこれも計算かもしれない。けれど、どうしても涼にキスがしたかった山吹はあえて乗せられることにした。

顔をゆっくりと近づけると、微かに涼のまつ毛が動く。彼が瞳を合わせるよりも先に、もう山吹は唇を重ねていた。

浅く深く口づけながら、両手で涼の頭を抱えて上向かせる。僅かに開いた隙間から誘われるまま舌を潜り込ませると、すぐに温かな舌が迎え入れてくれた。

「……ん……っ……」

喉《のど》を鳴らし、涼がため息を甘く飲み込む。山吹の唇は耳の付け根へと移り、そこから少しずつ首筋へと下がっていった。尖《とが》らせた舌先が微かなコロンの後味を辿《たど》り、涼の唇から熱く燃え上がった吐息が徐々に零《こぼ》れ落ちる。スツールの上で上半身をしならせ、その身体を山吹に支えられながら、彼は鎖骨に埋め込まれた口づけにピクリと身体を震わせた。

「や……まぶき……さん……まずい……って……」

甘く掠れた声音《こわね》は、不埒《ふらち》な行為を止めるどころか更なる情欲をかきたてる。山吹が左手で涼の背中を抱き寄せ、はだけたシャツの胸元から右手を差し入れると、まるで待っていたかのように指先へ肌がぴったりと吸いついてきた。

「ダメ……だって……皆に……聞こえる……」

固く尖った胸の先端を、山吹の指が焦《じ》らすように愛撫《あいぶ》する。その刺激に幾度も声を詰まらせながら、涼は弱々しく抵抗を試みた。山吹の胸に顔を埋めて何度もダメだとくり返す姿が、ひどく淫《みだ》らでぞくぞくする。直接触れなくても彼の中心が、情熱に脈打ち出すのが手に取るようにわかった。

「……マジ、ちょっと……勘弁してよ……頼むから……」

「バカだな。そういう声出すから、止まらないんだろう」

「山吹……さ……っ……時々……読め……ないこと、する……よな……」

シャツの前ボタンを全部外し、指の代わりに先端を舌で転がすように舐《な》め始めると、涼の手がたまらず両腕を摑んでくる。喘《あえ》ぐ音色は押し殺すそばから次々と溢《あふ》れ、唇で甘嚙《あまが》みをする度《たび》に細い身体がびくびくと震えた。

「も……いい……加減にしろ……って……っ」

これ以上は、さすがにまずいと思ったのだろう。涼がなけなしの理性を総動員させて、山吹の愛撫《あいぶ》を突っぱねようとする。その仕種《しぐさ》が余計にそそるとも知らず、彼は山吹の胸に額《ひたい》を当てて「頼むから……」とため息混じりに懇願した。

「なんだよ……俺のマンション来るのは、やだって言ったくせに」

「それは……」

「何？」

「いや、おまえが疲れてるだろうし……」

「じゃあ、あんたが今仕掛けたのはなんなんだよ？」

キッと上目遣いに睨《にら》みつけられ、ようやく山吹の火種も小さくなる。

「いくら俺が相手だからって、安く見積もるなよな。そりゃ、あんたがその気なら俺はいつだってＯＫだけど、せめて場所くらい考えろよ。いくら皆にバレてても、一応慎みってもんが……」

「……涼」

「え？」

「おまえ、もしかして……皆にバレてるの承知だったのか？　俺たちのこと？」

うっすら赤くなった顔で乱れたシャツを直す涼へ、山吹は呆然《ぼうぜん》と質問をぶつける。涼はごまかすどころかごく当然といった様子で、「そりゃそうだよ」と即答した。

「それじゃ……わざわざ、店の外で逢引なんかする必要なかったんじゃないのか？」

「いいんだよ、そうしたかったんだから」

「おい、いいんだよって……おまえなぁ」

「店の中じゃ他の皆だっているし、それに……」

「…………」

「なんだか、仕事の延長みたいじゃないか。仮にも同業者なんだしさ。俺だって、たまには恋人の気分だって味わってみたいさ。それに、山吹さんって秘密の恋はしたことないんだろ？」

「あ、当たり前だ。俺はいつだって公明正大にだな……」

「だからさ、あんたにとっての初めてってヤツ？　ちょっとやってみたかったんだよ」

「…………」

「他には、何もないじゃないか。いわゆる、俺に残されてる特権ってさ。だから、これくらいのワガママは許すのが大人の男ってもんだろ？」

身仕度を手早く整えて、涼はストンとスツールから降りる。まだその横顔は薄く上気していて、彼が動く度に匂《にお》い立つような誘惑の香りが漂った。

「俺、帰るけど……どうする？」

「どうするって？」

「……ガキじゃないんだから、その先は自分で考えろよな」

憎らしい口をきいて、ようやく涼は癖のある微笑を見せた。

「そろそろ、いい頃合いだな」

涼から贈られたロレックスに視線を落とし、山吹は暗闇の中でポツリと呟《つぶや》く。

時間は午前六時。真冬の空はまだ墨一色だったが、イブのバカ騒ぎはいい加減落ち着き出した時間帯だ。表の通りまで響いていた店内の喧噪《けんそう》も、段々と途絶えがちになっている。これで季節が真夏だったりすると路上でもうひと騒ぎくらいあるところなのだが、気温四度の外気の中ではそんな物好きもさすがにいなかった。

けれど、不思議と山吹はあまり寒さを感じない。

今までの人生の中で、一番気障《きざ》なことをやってのけようとしているからだろうか。

「今頃、世界中のサンタは滑《すべ》り込みで大忙しだろうな」

これから、自分も間違いなくその中の一人になるのだ。そう思うと奇妙な感じがしたが、肝心の相手はまだそれを知らないで皆にお愛想を振りまいているだろう。

山吹は『ミネルヴァ』の前に立ったまま、真っ白な息を吐き出しながらもう一度ちらりと腕時計を見た。大学生の頃、流行に乗って買った懐かしいデイトナ。今ならもう少し渋いモデルの方が好みなのだが、この時計には涼の密やかな想いが込められている。

傍らに抱えているのは、箱詰めの薔薇。

昔から贔屓《ひいき》にしている専門店で用意した、ホワイトクリスマスという名前の白薔薇だ。八重咲きの素晴らしい芳香の品種だが、この時期に急な注文をしたためかなりの無理をしてもらった。

藍はともかく、碧や紺あたりが聞いたら「おいおい」と難色を示したであろうプレゼントだが、山吹には他に恋人への贈り物が思いつかなかった。

一番大事なのは、かつて他の誰にも贈ったことがない、という事実。

そうして、恐らく今後の人生に於《お》いても、二度と同じ真似はしないだろうという確信だ。

「当たり前だ。男が男に花束贈って、何が楽しいもんか」

内心、猛烈な恥ずかしさと闘いながら、それでも山吹が薔薇に決めたのは、一生に一度くらい涼のために捨て身になろうと思ったからだった。他人から笑われたり引かれたりしてもいい、ともかく誰も涼にやらないだろうという行為をプライドを捨ててやってみたかった。

それで、自分たちの何が変わるのかはまだわからないけれど。

「……来るみたいだな」

半地下になっている店の階段を、数人の足音が上ってくる。

お客を送り出すためか、話し声の中には女性も混じっているようだ。

その中には、もちろん涼の声もある。仕事熱心な彼は、スーツを着たサンタクロースが表で自分を待っていることなどまだ夢にも思っていない。

あと十秒。あるいは二十秒。

もう間もなく、その愛しい顔が視界に入ってくるはずだ。

笑い上戸の恋人がどんな音色で笑ってくれるのか、山吹はとても楽しみだった。

あとがき

こんにちは、神奈木智です。このたびはホストシリーズ第二弾を手に取っていただき、本当にありがとうございます。前作では犬猿の仲だった山吹と涼ですが、何と今作では恋人同士になってしまうという「ややっ」な展開。楽しんでいただけたら嬉しいです。

前作のあとがきでも書きましたが、この二人がくっつくお話は最初から書きたいと熱望していたので、続編にＯＫが出た時はガッツポーズを取りました。実は、この二人に限ってはどちらが攻めでもいいかなぁと思っていたので、できるだけ対等っぽく書いていたつもりなのですが、エッチしたにも拘らず山吹の方が受けっぽいですね……。涼が「一回だけ！」と土下座したら逆もあるかもしれない、くらいには心が揺れました（笑）。でも、チャラいくせに根が一途な涼は、書き込んでみたら案外可愛いキャラでした。一作目を執筆当初、涼の相手を山吹にするか紺にするか、ずっと迷っていたこともここでこっそり告白します。

さて、この本は文庫化ですので初出時に比べると世相もだいぶ変化しております。ホストクラブの営業についても、現在とは大きく違ってしまいました。改稿でもあえてそこは直さずにいますので、どうかご理解の程をよろしくお願いします。また、本文で山吹が「更年期障害は婦人特有の症状」と言っていますが、本当は男性にもあるんですよね。学歴は高いくせに物知らずな彼は、まだそれを知らなかったようです。他にも、涼が十七歳で水商売を始めていたり（店では年をごまかしていましたが）、いろいろ当時の名残りはそのまま留めてあります。何となく、浮世離れした海堂寺家プラスアルファの面々にはその方がいいような気がして厳密な訂正はしませんでした。彼らは「いつか」「どこか」の街で、今夜も賑やかに貧乏ホストクラブを営業していると思ってください。

本編の他、おまけの短編が収録されています。この中で「クリスマスは龍二さんと温泉」と藍が言っていますが、その温泉での一幕はドラマCDのジャケットにショートとして掲載されています。もし機会があったら、そちらもぜひ読んでやってください。

そうして、いよいよ次はオール書き下ろしで第三弾、完結編の登場です。といっても発売は来年なのですが。ちょっとお待たせすると思いますが、次の主役は碧と和貴家の御曹司のお話になる予定なので、どうか楽しみにお待ちください。レーベルが休刊になり、碧の話はもう読めないのですかと当時よく訊かれましたが、ようやくお届けできそうです。念願叶っての刊行ですので、私も気合いを入れて頑張りたいと思います。

今回も、ノベルズ版に続いて金ひかる様に素敵な表紙を描き下ろしていただきました。もう、見ているだけで幸せになりそうな二人です。山吹の仏頂面がたまりませんね。この表紙を見た瞬間、またしても「リバでもいける……」と思ってしまった私です（リバ嫌いな方、話題を引っ張ってごめんなさい〜！）。ノベルズの表紙も大好きですが、こちらも凄く好きなイラストになりました。モノクロのイラストと併せて、皆様もたっぷり堪能してください。お忙しい中、本当にどうもありがとうございました。次作も頑張りますので、よろしくお願いいたします。また、前作同様、文庫化に当たって尽力してくださった担当様、ラキア時代の担当様も、どうもありがとうございます。

恒例ではありますが、最後に読んでくださった読者様にも心からの感謝を。このシリーズは書きながら気持ちが弾んでくるお話で、自分でも大好きな作品です。どうか、本棚でいつまでも可愛がっていただけますように。

それでは、またの機会にお会いいたしましょう——。

神奈木　智

http://blog.40winks-sk.net/（ブログ）https://twitter.com/skannagi（ツイッター）

✦初出　黄昏にキスをはじめましょう…………ラキアノベルズ「黄昏にキスをはじめましょう」(2003年12月)
夜明けのサンタクロース………………ラキアノベルズ「黄昏にキスをはじめましょう」(2003年12月)

神奈木智先生、金ひかる先生へのお便り、本作品に関するご意見、ご感想などは
〒151-0051 東京都渋谷区千駄ヶ谷 4-9-7
幻冬舎コミックス　ルチル文庫「黄昏にキスをはじめましょう」係まで。

幻冬舎ルチル文庫

黄昏にキスをはじめましょう

2014年10月20日　第1刷発行

✦著者	神奈木 智　かんなぎ さとる
✦発行人	伊藤嘉彦
✦発行元	株式会社 幻冬舎コミックス 〒151-0051 東京都渋谷区千駄ヶ谷 4-9-7 電話 03(5411)6431[編集]
✦発売元	株式会社 幻冬舎 〒151-0051 東京都渋谷区千駄ヶ谷 4-9-7 電話 03(5411)6222[営業] 振替 00120-8-767643
✦印刷・製本所	中央精版印刷株式会社

✦検印廃止

ISBN978-4-344-83204-6　C0193　Printed in Japan

『夕虹に仇花は泣く』
男花魁として人気の佳雨は百目鬼久弥との愛が確かなものになるにつけ、色街を出た後のことを考えるようになっていた。久弥の役に立ちたい――そう思い、英国人・デスモンドに英語を習い始めた佳雨。客なら割り切れるが、と嫉妬する久弥が佳雨は少しだけ嬉しい。ある日久弥は呉服問屋の当主・椿から彼の妻が佳雨の姉・雪紅だと話しかけられ……!?
神奈木 智
穂波ゆきね イラスト
本体価格560円+税